八人衆

将棋士お香 事件帖2

沖田正午

時代小説
二見時代小説文庫

目次

娘十八人衆——将棋士お香 事件帖2

第一章　不穏な視線

一

——うしろから誰かが見ている。

指南将棋の一手を指そうとしたお香《きよう》は背中に視線を感じ、ふと盤面に駒を置く手を止めた。

下谷長者町《したやちようじやまち》にある小荷物運搬業『大和屋《やまとや》』に出向いての、指南将棋の最中であった。

お香が振り向くと、そこには十四、五歳になる娘の奉公人が立っている。お茶をおもちしましたと言って、部屋の中に入ってきた。お香が感じたのは、この娘の視線ではない、別のものであった。

「どうかしたのかね、先生？」

十八歳になるお香が、このとき将棋の稽古をつけているのは、大和屋の主《あるじ》で四十八歳になる七郎二郎左衛門《しちろうじろうざえもん》という弟子の一人であった。

七郎二郎左衛門という長い名前は、代々大和屋を受け継ぐ者に授けられた継承名である。

指し手の途中で手を止めたお香を訝《いぶか》しく思い、七郎二郎左衛門が問うた。

「いえ、なんでもございません。それにしても、先生という呼び方はよしていただけませんか？　どうもくすぐったくて……」

たった十八の身空《みそら》で、三十歳も年上の男から先生と呼ばれるのも、気恥ずかしいものがある。しかもお香は、今は専門棋士ではない。

五歳のときに将棋三家の流れをくむ、伊藤現斎《いとうげんさい》のもとに弟子入りし、将軍の指南役にまで成りつめた実力のもち主であった。将来は女名人と嘱望されていたのだが、十五歳のときに、はからずも賭け将棋に手を出してしまい伊藤門下を破門され、将棋での表舞台には二度と上がれぬ身となっていた。

賭け将棋、賭け碁を生業《なりわい》とする『真剣師《しんけんし》』と呼ばれる輩《やから》がいる。専門棋士としての実力が伴わないか、厳格な規律を破り、破門の憂き目にあって身をもち崩した者が多い。

　破門されてからのお香は、賭け将棋でもって日銭を稼ぐか、素人《しろうと》相手に指南をして、その謝礼を受け取るのが生業となっていた。

「専門棋士なら、先生と呼ばれるのもよろしいのでしょうが……」

　そんな大層な身分でないと、お香自らが打ち消す。

「教えを乞《こ》う身なので、お香と呼ぶのはどうもな。ならば、師匠というのはどうかな？」

　仁王《におう》を思わすごつい顔に似合わず、七郎二郎左衛門は意外と律儀《りちぎ》な男であった。

「その呼び方でけっこうでございます」

　言いながらお香は、もっている金《きん》を玉将《ぎょくしょう》の前に置いた。

「おや、詰《つ》みかな？」

「はい、四方八方王様が逃げる場所はございません。この度は、三十六手まで指し手が延びました。だいぶお強くなられましたですね」

　世辞《せじ》も、指南役の大事な辞令の一つである。弟子をお客とみれば、多少の褒《ほ》め言葉は必要となってくる。

「そうかね」

実力がついたと言われ、七郎二郎左衛門のいかつい顔が幾分の緩《ゆる》みをもった。

「先だってまでは、三十手にも満たない手数《てかず》で王様は討ち取られておりましたから。少しは粘りというのがついてきたのでございましょう」

「なるほどなあ」

さらに世辞の追い討ちを受け、七郎二郎左衛門の相好《そうごう》が崩れた。

「ならば、もう一番……」

「いえ、今日のところはこれで。ほかに行かなくてはならないところがございますので」

ありがとうございましたと、互いの礼で〆《しめ》てこの日の七郎二郎左衛門への将棋指南は終わった。

背丈五尺二寸の小ぶりの体を立ち上がらせようと、勝負師とは思えぬあどけなさの残る丸めの顔を上げたところで、お香はまたも背中に視線を感じた。

「…………？」

お香は、無言で首を捻《ひね》った。しかし、うしろには誰の姿もない。

――気のせい？

「どうかされたかな？」

七郎二郎左衛門の問いに、なんでもございませんと、お香は小さく首を振った。

「それでは、これにて……。そうだ、もっと詰め将棋を勉強なされたらよろしいようでございます」

「詰め将棋は、難しいからなあ」

「そういうことをおっしゃっていますから、いつまでたっても強くならないのです」

お香の指南役らしい、世辞とは正反対の、辛辣《しんらつ》なもの言いであった。

「あれ、先ほどは腕が上がったとか言ってたが……」

世辞というのは、思わぬところで露見してしまうものである。

「いや、その……そうだ、もっともっと強くなっていただきたいために申したのです」

下手《へた》をすれば客を逃すと、お香の懸命な言い繕《つくろ》いであった。

「なるほどなあ。もっともっと、強くか……」

七郎二郎左衛門の得心《とくしん》の言葉を聞いて、お香はその場を辞すことにした。

「また、五日後にまいります」

「よし。それまで、少しは腕を磨いておくことにしよう」

「せいぜい、お励みください」

磨くほどの腕ではないと思いながらも、お香はそこは伏せて言った。

「これお房《ふさ》、お房はいないか」

「はーい、旦那様」

明るい声を張り上げてきたのは、先刻茶を運んできた娘であった。

建坪三百坪はある、大和屋の母屋《おもや》の廊下は長い。お香より三歳ほど下のお房と呼ばれた娘に案内されて、お香は母屋の玄関まで来た。

「ご苦労様でございました」

「どうも、お世話さまでした」

三和土《たたき》に下り、お房に向けて大きく礼をするとお香は外へと出た。

玄関から屋敷の門までは、十間《けん》ほどある。お香は短冊形に並べられた敷石を踏んで、粋人が好みそうな数奇屋《すきや》造りの門まで辿った。

「……さてと、早くご隠居様のところに行かなくては」

植木職人の手により、綺麗に剪定《せんてい》された植木の陰に人が立つのを、独《ひと》りごちるお香に気がつくものではなかった。

朝四ツからはじまった七郎二郎左衛門への将棋指南は、一刻ほどの手ほどきであった。

お香が、下谷長者町から賑わいを見せる下谷広小路《ひろこうじ》に出たときちょうど、寛永寺《かんえいじ》の鐘撞《かねつき》堂から正午《ひる》を報せる鐘の音が聞こえてきた。

「……お昼はご隠居様のところでいただきましょ」

お香がこれから行くところは、千駄木《せんだぎ》は団子坂《だんござか》にある『水戸《みと》の梅白《ばいはく》』と呼ばれる、御齢《おんとし》六十三歳になる老隠居のもとである。やはり、将棋の指南で出向く用事であった。

約束の刻は、九ツ半。正午である九ツからは、まだ半刻ほどある。

下谷広小路から不忍池《しのばずのいけ》沿いを歩いて、千駄木まではおよそ半里と少しある。早めに歩けば、四半刻《しはんとき》で行けるであろう。まだ充分間《ま》があると、お香はゆっくりと歩くことにした。

下谷広小路の広い道端には、いろいろな稼業の店《たな》が並ぶ。着物を扱う店から雑貨小物商、質屋もあれば水茶屋もある。お香は、ものを買うでもなく、それらの店を眺めながら北に向かって歩みを進めた。

お香が、広小路の中ほどにある、常設の芝居小屋の前にさしかかったときであった。

ドドーンと大きな太鼓の音がしたと同時に、小屋の中から男たちがぞろぞろと、木戸を通って出てきた。芝居が跳《は》ねた打ち出しの太鼓であったのだろう。

小屋から出てきた男たちの目は、みな一様にとろんとして、焦点が定まらず虚《うつ》ろであった。その中に、女の姿もちらほらとあるが、圧倒的に男のほうが多い。

「……これが今売り出しの」

お香は呟《つぶや》くと、小屋の庇《ひさし》の上にかかる看板に目をやった。『不忍座《しのばずざ》』と書かれた金看板の横に、昨今売り出し中の娘芝居の名称がでかでかと書かれてあった。

『不忍組　娘十八人衆』とある。

娘たちだけで組まされた、芝居や踊りの集団であった。

「それにしても、弥生《やよい》はかわいいよなあ」

「いや俺は、なんと言ったって千草《ちぐさ》のほうがいい」

小屋から出てきた、若い男たちが交すそんな言葉が、お香の耳に届いた。団員それぞれに、みな贔屓《ひいき》筋がいるようである。

娘十八人衆は、十六歳から二十歳までの若い娘たちからなり立ち、その実数は三十人ほどにのぼる。十八人衆としたのは、単に語呂《ごろ》のよさからであろう。

贔屓筋は若い男が中心となるが、中には白髪の混じる初老の男や、頭の禿《は》げ上がった好色そうな男もかなりいる。

「馬鹿野郎、なんてったって一番いいのは一番年嵩《としかさ》の若月《わかつき》だろうが。今の若いのは、どうもちゃらちゃらしたのが好きでいけねえ」

頭の光った五十も越えているであろう、いい齢《とし》をした男が若い男の会話に口を挟んだ。

「何を言ってやがる、くそ親爺のくせしやがって」

「まったくだぜ。いい齢《とし》こきやがって、不忍組でもねえだろうにな」

若い男たちが、やり返す。

「なんだと。てめえら、娘のけつばっかり追いかけまわしてねえで、働いたらどうだ。お天道《てんとう》さんが高い、昼日中《ひなか》からうつつをぬかしてるんじゃねえ」

初老の男の返しであった。

お香はどちらの味方でもない。

——まったくお馬鹿な人たち。

そう見下《みくだ》しながらも、お香は面白いからと、やり取りに歩みを止めて見ていた。

「……いや、面白いどころではなくなりそう」

若者と、光頭男の諍《いさか》いはだんだんと険悪なものとなってきた。

「うるせえ、この禿げちゃびんおやじ！　おめえなんぞの助平おやじに言われたくねえや」

貶《けな》し文句が、罵声《ばせい》となって大きく発せられる。それが、周りにいる者にも聞こえ、注視の目が集まってきた。

「おい、何があった？」

若い男が、喧嘩をしている若者に訊いた。

「何があったもくそもねえ。このおやじ、俺の弥生を貶しやがった」

「そりゃしょうがねえだろ。あんな、弥生よっか乙女《おとめ》のほうが……」

「なんだと、てめえまでもか？」

ここに、新たな喧嘩相手が加わり収拾がつかぬ様相となってきた。野次馬も、騒ぎを聞きつけさらに大勢が集まってくる。

不忍座の周りは、娘十八人衆の贔屓筋と、それにはまったく興を示さない野次馬たちで騒然となった。

「てめえ、このやろ……」

「うるせえ、こんちくしょう」

罵声だけが飛び交うものの、娘演劇にうつつを抜かす腑《ふ》抜《ぬ》けた連中同士だから、どうにも喧嘩に迫力がない。言葉だけで詰《なじ》りあって、どちらからも打ってかかろうとはしない。

「早えところ、やっちまわねえかい。こちとら、忙しいんでえ」

野次馬からは、けしかける声が飛ぶ。

そんなつまらない喧嘩をいつまで見ていても仕方がないと、お香はそっと野次馬の囲みの中から出た。

上野黒門町《うえのくろもんちよう》のほうから町方同心に引き連れられて、六尺の寄棒《よりぼう》をもった捕り方役人が十人ほど駆けつけてくる。

「どけどけどけ……」

町方同心の、威張った声があたりに響きわたった。

幾重にも囲っていた輪が、二つに割れて捕り方たちが中へと入っていった。お香はそれを見届けると、千駄木の団子坂まで足を急がすことにした。

「……お馬鹿な人たちのおかげで、とんだ道草を食っちまった」

カラコロと、下駄《げた》を鳴らして不忍池のほとりまで来たときであった。

左手には、池に向かって出臍《でべそ》のように突き出した島がある。天龍山妙音寺生池院《てんりゆうざんみようおんじしゆうちいん》という寺が、お堂の如くに建っている。

「あれ？」

ふとお香は、背中に冷たいものを感じて振り向いてみた。だが、そこにはただ知らぬ人が行き交うだけで、誰もお香に目をとめる者はなかった。

――おかしいわねえ。やはり、気のせい？

首を傾《かし》げて、お香は再び歩みを取った。

二

千駄木は、団子坂の勾配《こうばい》を登る途中に『水戸梅白』を雅号とした、隠居の寮がある。

梅白の本名は松平成圀《まつだいらなりくに》といい、第四代水戸藩主である徳川宗堯《とくがわむねたか》の三男として生まれた。水戸の黄門様で知られる水戸光圀《みつくに》は、義理ではあるが曾祖父《そうそふ》にあたる。

生まれた当初から冷や飯食いであった成圀は、三十九歳のとき千駄木に居を移し、若くして隠居の身となった。以来、二十と余年この地で暮らしてきたことになる。

お香が初めて梅白の屋敷を訪れたときは、梅の花が満開で鶯《うぐいす》の鳴き声が聞こえていたが、季節は少し過ぎ、今は桜の花が蕾《つぼみ》をつけるころとなっていた。

あと、十日もすれば染井吉野《そめいよしの》は満開の花を自慢げに咲かすことになるであろう。春も真っ只中に入ろうとしている季節の移ろいであった。

団子坂の急勾配には、いつも息が切らされる。

「――ああ疲れた」などと愚痴を言うと、六十三歳になる梅白からは叱りの声が飛んでくる。

「――なんだ、お香。若いのにだらしがない。わしなんぞは……」

毎日のように坂を行き来していると、若ぶった説教を垂れてくる。

この日のお香は、なおさら団子坂の勾配をきつく感じていた。何者かに追われているような感じがして、足を急がせたからである。

風流人が好むような数奇屋造りの門を、お香は勝手知ったる家とばかりに引き戸を開け、屋敷の中へと入っていった。

母屋の玄関も格子模様の引き戸である。お香は、取っ手に指をかけるとおもむろに引いた。

「あれ……？」

閂《かんぬき》がかかっているのか、すんなりとは開かない。

「どうしたんだろう？」

お香が来ることを知っているはずだ。なのに、なんで閂などかける。お香はそれを訝しく感じ取った。

そのとき梅白の部屋では、つき人の竜之進《りゅうのしん》と虎八郎《とらはちろう》、そして下男の長助《ちょうすけ》を交えた四人が、将棋の盤を真ん中に置き、頭をつき合わせていた。

「ご隠居、それは三ぐそですぞ……」

梅白の振り駒の出目《でめ》を見て言ったのは、つき人の一人である佐藤《さとう》竜之進であった。

「三小間《こま》戻ってくだされ」

もう一人のつき人である森脇《もりわき》虎八郎が、他人《ひと》の失敗を嘲笑《あざわら》うかのごとく言った。

四人は本将棋ならぬ『廻り将棋』に興《こう》を嵩じていたのである。

金将四枚を盤上に振って、出た目の数だけ進む。歩《ふ》からはじまり、王将《おうしょう》まで到達して勝負の決着をみる。いわば、双六《すごろく》のような子供が好む遊びである。

梅白が出したそのときの出目は、金将三枚が表となって駒が重なっている。それを『くそ』といって罰則となる。その数だけ退却せねばならない決めごとであった。

「うぬ、仕方がないか」

言って梅白は、角行《かくぎょう》まで出世した駒を三小間下げた。

梅白は、白髪の髷《まげ》に白い鬚《ひげ》を顎に蓄《たくわ》えている。

「早くしないと、お香が来てしまう」

梅白には、焦りもあった。白い顎鬚を手でつかみながら言うのは、困ったときや考えごとがあるときの、梅白の癖でもある。

「へい、この勝負はあたしがいただいたもののようで……」

六十歳にもなる下男の長助が、駒を盤上に振りながら言った。

「おっ、百だ！」

ここで言う百とは、金将がみな裏返しとなる出目のことである。一段上に出世ができる目を出して、長助がその皺顔《しわがお》をさらに緩めて喜びをあらわにした。

この出目ですでに飛車成りの龍まで行っていた長助の駒が、王将まで出世する。あと、半周ほどして自分の陣地に着けば、この勝負の勝ちである。ほかの三人とは、かなりの差が開き、長助は勝ちを確信していた。

「さあ、一朱《しゅ》ずつ用意しといていただきましょうか」

一人あたま一朱を賭けての、勝負事であった。

常々将棋指南の師匠であるお香からは、将棋の駒は本将棋以外には使うなと言い含められている。

こんなところをお香に見られてはまずいと、玄関の戸に閂をかけていたのであった。

長助が、三朱の儲けに気持ちを膨《ふく》らませたときであった。

ドンドンと、玄関戸の叩かれる音が聞こえてきた。

長助の催促には耳を貸さず、竜之進が言った。

「竜さん、早く行ってやりなさい。虎さんとわしは、本将棋を指しておるから。

「さあ、虎さん、並べましょう」

「かしこまりました」

虎八郎が返して、盤面は、廻り将棋からまともな将棋駒の配置となった。

「この勝負はどうなりますので？」

このままでは、三朱の儲けがふいになる。長助が、不安そうな顔をして訊いた。

「お香が来たのだ、それどころではなかろう」

と、負けが濃厚の梅白は取り合わない。

勝負の行方はこれで有耶無耶《うやむや》になるのかと、長助はその皺顔を歪《ゆが》めさせた。


「あたしが来ることを知っているのに……」

なかなか出てこない奥に向けて、お香はさらに二度ほど玄関の格子戸を叩いた。

やがて、中から閂を外す音がする。

「ああ、お香か……」

知っていながらも、惚《とぼ》けた振りをして竜之進が玄関戸を開けた。

「なんだ、お香はないでしょ。竜《りゅう》さん……」

今年二十七歳になる竜之進に向けて、お香が目くじらを立てた。

「どうしたお香、そんな恐い顔をして。ご隠居様がお待ちかねだぞ」

肚《はら》の中で竜之進は、一朱を取られずにすんだとほくそ笑んでいる。

「お待ちかねだったら、玄関の戸ぐらい開けといてくださいな」

「いや、すまなかった。お香が来るからと、下男の長助には言っておいたのだが」

三朱の儲けも反故《ほご》にされたうえ、失態を指摘された長助は、いい面《つら》の皮である。

「もういいです。よかった、中に入れて……」

お香の息がまだ切れている。吐き出す息がいつもより荒い。

「どうかしたのか、お香。今日はいつもより息が荒いようだが？」

「ええ……」

お香は、竜之進の問いには答えずさっさと下駄をぬぐと、梅白のいる部屋へと向かった。お香を追いかけるように、竜之進があとについてくる。

竜之進がうしろからお香の背中に視線を向ける。だが、お香は背中でその視線を感じ取ることはない。

お香が振り向くと、竜之進の微笑む顔があった。このごろたびたび感じる不穏な視線と、竜之進のものとはあきらかに異なる。

——あのぞくっとした冷たさを感じる視線は、いったいなんなのだろう。

やはり自分を見つめる眼があったのだ。ここでお香は自分の感覚が間違いないことを知った。

ごめんくださいと断りを言って、お香は梅白の部屋の襖《ふすま》を開けた。

「おっ、やっておりますね」

梅白と虎八郎が、盤上を見つめて将棋を指している。いつにない、双方の真剣な眼差しであった。

二人ともまともな将棋を覚えたのは最近のことである。とくに、竜之進と虎八郎は、梅の花が咲いていたころまでは、駒の動かし方さえ知らなかった。

竜之進と虎八郎が、梅白のつき人となったのがおよそ三年前。二人とも、水戸徳川家に属する家臣のもとに生まれ、次男三男の冷や飯食いということで梅白の側《そば》につくようになったのである。当初は、なぜに爺のお守り役につかねばならぬと腐《くさ》っていたものだが、ときが経つにつれこの居心地のよさに満足をしてきた。ただ、一つ不満があるとすれば、あまりにも閑《ひま》なことである。

平々凡々とした環境を打開しようと、梅白は『世のため人のため』を処世訓として気持ちを入れ替え、江戸の町にその活路を見い出すことにした。

そんな折に出会ったのが、娘将棋指しお香である。そして、知り合ったと同時に事件と遭遇し、初めて世のため人のための処世訓を履行することができたのであった。

それを機として、梅白と二人のつき人は本格的に本将棋を覚えることになる。

しかし、お香の目に見えないところでは、下男の長助を交え、相変わらず『廻り将棋』や『お金《かね》将棋』での、賭けに興じていたのであった。

「ずいぶんとご熱心で、何よりです」

お香の声も聞こえないほど、二人は盤上を注視している。

「ご隠居、その手は待った」

角行の頭に歩を打たれ、虎八郎が待ったを要求した。

「待ったはいけませんよ、虎さん」

すかさず待ったを咎《とが》めたのは、梅白でなくお香であった。

「なんだお香、来ていたのか？」

ここで梅白は、初めてお香の来訪に気づいた振りをした。

「はい、先ほどからお二人の対戦を見ておりました」

「左様か、気づかなかったな。将棋に、夢中になっていて……」

「身共《みども》も気づきませんでした。ご隠居、待ったが駄目でしたら、これは身共の負けでございますな」

「そうか。虎さんも腕を上げたもんだ、自分の負けが分かるとはな。だが、もう少し早く気づかんと。すでに、そっちの王様はこちらの手の内にあるからな」

どうやら上達のほどは、遠そうである。

お香は、この将棋を不思議な目で見ていた。虎八郎の陣の王様がない。それでも黙っていたのは、他人の将棋に口を出してはならぬとの、心得からであった。

ただし、指南将棋のときは違う。業《わざ》を伝授しなくてはいけないので、一手指すごとに口を入れるのが、お香のやり方であった。

――まったく進歩というものがないのよね。

将棋であって、将棋でないような二人の対戦を見たお香の気持ちは、がっかりと憂いをもった。

三

王将と金二枚、そして歩を一列残しただけの八枚落ちの負担でも、梅白はなかなかお香に勝つことはできない。

――本当に普段、将棋の勉強をしているのかしら？

対戦をしていて、お香は疑問を抱いた。

初めて手ほどきをしてから、すでにひと月以上は経っている。以来、三日に一度は指南を授《さず》けているのだが、成長の度合いはすこぶる低いと言わざるをえない。

せめて、銀将までを残す六枚落ちまでになっていてもいいはずである。

八枚落ちは、教えるほうには大きな負担である。だが、お香は更なる負担を自分にかけることにした。

「ならばご隠居様……」

「なんだ？」

「八枚落ちではなく、あたしのほうもみな並べます」

駒落ちのない、平手《ひらて》で配置するという。

「それでは、まったく敵《かな》うわけないだろう」

「いいえ、それでいいのです。もちろん、そのままでは将棋になりませんから、あたしの負担は二十手以内でご隠居の王様を詰ますこと。さもなければ、ご隠居様から一度でも王手をかけられたら、あたしの負けということにします」

「ほう、わしが王手をしただけでこっちの勝ちとなるのだな。面白い……で、いくら賭ける？」

これならば勝負になりそうだと、梅白は博奕《ばくち》の対象とした。

「まだ、賭け将棋は十年早いです」

辛辣な言い方をしておいて、お香は前言を撤回させた。

「そうだ。お銭は賭けませんが、あたしが勝ったらご隠居様に頼みたいことが……」

「頼みたいこととは、いったいなんだ？　お香の頼みなら、将棋に勝とうが負けようができることならなんでも聞いてやるぞ」

「本当ですか？」

「嘘をついてどうする。それで、いったいなんだ、頼みたいことというのは？」

ここまで言われれば、別段将棋をもち出すまでもない。遠慮することはなかろうと、お香は相談をもちかけることにした。

「実は、先日来より……」

　変な視線を感じて気色悪《きしよくわる》いと、お香は感じるがままのことを言った。

「なんだと。どうしてお香はそれを早く言わない。身に何かあったらどうするのだ？」

　梅白が、叱る口調で言った。

「まったくですな、ご隠居」

　虎八郎が、その四角い顔をしかめて追従《ついしょう》する。

「そんな相談なら、将棋の勝ち負けをもち出すまでもない。竜さんに虎さん、これはお香を守らねばならぬであろうな」

「左様心得ます」

　竜之進が、座る膝を一つ前に出して言った。

「して、その不穏な視線を送るのは誰だか分からんのだな？」

「はい。背中に感じて振り向いて見ても、誰もいないのです」

「気のせいではないのか？」

　虎八郎が、漠然とした話だとお香の話に疑問をもった。

「一度や二度でしたらそうでしょうが、それがつづくとなれば……いいえ、やっぱり気のせいかしら。うん、やっぱりそうね。このところ、どうかしてるのよね、あたし」

半分は気のせいと思い、お香は今までご隠居たちに語るのをためらっていたのであろう。

「もうよしましょ、そんな話。それよりか……」

将棋を指そうと言おうとしたところで、梅白から遮《さえぎ》られる。

「しかし、勝負師であるお香の感覚も侮《あなど》れんからな。気のせいとばかりは言えんかもしれぬ。だが、守ってやると言っても、二六時中竜さんと虎さんがついているわけにはいかぬし、はてどういたそうか……」

梅白は腕を組んで思案にくれる。

「でしたらご隠居……」

「なんだ、竜さんにいい考えがあるのか？」

「もしそんな輩がいたとしましても、すぐにお香を襲うことはないのでは……」

ないでしょうかと、竜之進が言葉を添える。

「しかし、お香としてはいっときたりとも気が気でなかろう。なあ、そうだろお香？」

「はい、まあ……」

「なんだ、心配をしてやってるのに気のない返事であるな」

「いえ、そうではなく、なんと言うのだ？」

「そうではなく……」

考えるお香に、梅白は疑問をぶつけた。

お香としては、最前より気のせいであることが先に立っている。そんなことで、竜之進や虎八郎の手を煩《わずら》わせては申しわけないとの思いがこもっていた。

「気のせいだと思いますから、もっとはっきりしてから相談をもちかければよかったと……」

「いや、お香。あながち、気のせいとばかりは言えぬぞ。こういうことは、危害を加えられてからでは遅い。それと、第六感というのは意外とあたっていることが多いものだ」

将棋が弱いと、人格まで卑下《ひげ》されるのではないかと常々思っている梅白は、ここぞとばかり自らの博識を説いた。

「ならば、こうしよう」

「どうなさろうと、ご隠居？」

「ならば竜さんに虎さん。お香とは他人を装い、少し離れてついていくがよかろう。

お香が変な視線を感じたら、なんらかの方法で合図を送るというのは。そのとき二人は、周りに不審な者がいないかどうかを……」

「探ればよろしいのですな」

虎八郎が、梅白の説に言葉をかぶせた。

「まあ、そんなところだ。どうだ、とりあえず一度そうしてみては」

ここまで言われて断るのも無粋《ぶすい》である。

「なんだか、申しわけございません」

お香には似つかない、殊勝なもの言いであった。

この日の将棋指南は、夕七ツの鐘を聞いたところまでであった。

さっそくとばかり、竜之進と虎八郎がお香のうしろを五間ほど離れて歩くことにした。

下谷広小路を過ぎてさらに七町ほど南にある、神田金沢町《かんだかなざわちょう》のお香の住む長屋まで送っていくことにする。その間に、お香をつけ狙う輩《やから》を見つけるのが、この日練られた策であった。

うしろに竜之進と虎八郎がついていれば、お香としては安心で心強い。

不安が心の中から消えれば、勘も働かなくなる。不安があってこそ、気持ちは敏感になるものだ。

半刻ほどかけ、約一里の道を歩いて金沢町に着いたが、その間は、お香の背中にかかる、いつもの冷たい視線を一度も感じることはなかった。むろん、不審な者を見つけ出すことは叶《かな》わない。

この日は無事にお香を送り届け、竜之進と虎八郎は一里の道を戻ることになった。

それから二日ほどして、ちょっとした異変があった。

夕七ツの鐘が鳴って、すぐのとき。

「お香ねえちゃんに渡してくれって……」

一通の書状が、同じ長屋に住む金太《きんた》という八歳になる、子供の手によってお香のもとにもたらされた。

「金坊、誰に頼まれたの？」

「どこかのおじさん。あっちにいたよ」

金太の指さすほうに木戸《きど》があり、その先は広い通りとなって人の行き交う様が見える。金太の片方の手には、鼈甲飴《べっこうあめ》が握られている。おそらく、駄賃の代わりとしてつかませられたものだろう。

幼い金太から、それ以上の話を聞くのは無理だとお香は思った。

若い男であっても、金太の目からすればおじさんに見えるであろうし、相手の齢恰好を探ることは叶わなかった。

「ありがとうね、金坊」

礼を言っても、金太はお香の傍を離れようとはしない。どうしたのかと怪訝《けげん》なお香の目に、金太の開いた手が見えた。駄賃《だちん》をくれとの催促《さいそく》である。

「まあ、しっかりしてるわね」

言ってお香は巾着《きんちゃく》の中から一文銭をつかむと、金太の小さな掌《てのひら》に載せた。

「ありがとう、お香ねえちゃん」

駄賃をもらった金太は、喜び勇んで木戸の外へと駆けていった。

「……誰からだろう？」

書状の封には、何も書いてない。

お香は、家には入らず長屋の端《はし》まで行って書状の封を解いた。

下手くそな字であった。

「なんて書いてあるのだろう？」

首を傾げて書面を見るが、すらすらと一度で読み通すには難しい。

考えながら、お香は文字を辿る。

「えーと、なになに。拝桂……最初から間違えてる」

拝桂　お香さま
わたしは意前より　お香さまをおしたい
いたしておりました　ぜひ一土おつきあい
していただきたく、おねがい毛しあげる
しだいです

ほとんどが仮名の文字は、蚯蚓《みみず》がのたくったもののようであった。たまに漢字が混じるが、間違い字ばかりである。

お香はようやくの思いで、文面を読み通すことができた。

「これは、つけ文？」

しかし、差出人の名が入ってない。一度おつき合いを願いたいとの申し出であったが、相手が分からなくては、返事の出しようがない。

「いや、そんなことよりも……」

誰からだろうとお香は考えたとき、ふと頭の中によぎるものがあった。それと同時に、お香の背中にぞくっとした冷たいものが奔《はし》った。

「……もしや」

以前より感じていた、冷たい視線と関わりがあるのではと。

――やはり、気のせいではなかったのだ。

「あしたはご隠居様のところに行く日……」

このつけ文を持参しようと思ったとき、またしてもお香は背中に冷たい視線を感じた。

「……木戸のほうから誰かが見ている」

お香が独りごちて、木戸に目を向けるも誰もいない。

――おかしいわねえ。

と思いつつ、お香はつけ文を懐《ふところ》に納めると、木戸に向かって歩いた。

そんなことを思っているから、ちょっとしたことでも気にかかる。お香に向いている視線は、金太のものであった。

一文銭しかもらえなかった駄賃に、不満そうな顔をしている。

四

翌日、近所の将棋会所《かいしょ》で素人相手に指南をしてから、お香は団子坂の梅白のもとへ行く予定であった。

「おじさん、そこへ桂馬《けいま》を高飛びしたら、歩の餌食《えじき》になるわよ」

お香は、将棋の格言を交えて四十男《しじゅうおとこ》に指南をしている。

「あっ、そうか。桂馬をただで取られちゃ堪《たま》らねえ……」

「持ち駒を両手で握りしめながら、男は言った。

持ち駒は、ちゃんと駒台の上に置いてくださいな」

お香が男に対し、注意を促したときであった。

「ちょいとお香、いいかい？」

話しかけてきたのは、席亭《せきてい》の左兵衛《さへえ》であった。

「なんでしょ、お席亭？」

「今しがた、お香宛にこんな書状が届いたのだが……」

封書がしてあり、きのうと同じ形のものであった。違うのは、封に『お香さんへ』

と宛名が記されている。

「お席亭、これをどこで？」

「いや、今土間《どま》に落ちてるのに気づいたのだが……誰が投げ込んだのか分からねえ。おい、誰か見た奴はいるか？」

言って左兵衛は、六人いる客に問いかけた。

「いや、知らねえな」

みな一律同音の答であった。隣《となり》が火事になろうが容易に気づかぬほど、盤上に気が向いている客たちである。書状が一つ投げ込まれたぐらいで、気づく者はなかろう。

お香には、封を開かずとも中身が何であるか分かっている。文面はおそらく蚯蚓ののたくった、きのう来たものと同じ内容であろう。お香は、それを破り捨てようと思ったが、気が変わって懐《ふところ》の中に納めた。

懐には、梅白たちに見せようときのうの書状も入っており、これで二通となった。

「いいのか、読まねえで」

「ええ、どうせろくなことは書いてませんから」

読まないでよく分かるなと、席亭の訝しそうな顔が向いている。

将棋会所での指南を済ませ、お香はいつものとおり昼九ツ半の約束で梅白のもとへ向かうことにした。

「……おや、誰？」

下谷長者町の辻まで来たところで、お香はブルッとひと震えした。やはり、以前と同じような視線を感じたからだ。

昨日と今日、もらった書状と関わりがあるに違いないとお香は確信している。神田《かんだ》育ちの御俠《おきゃん》なお香でも、恐いものは恐いし嫌《いや》なものは嫌だ。そこはまだ、十八歳の娘である。

「……こんなとき、竜さん虎さんがいてくれたら」

呟くも、いないものは仕方がない。

――まったく、間《ま》の悪い人たち。

お香は、竜之進と虎八郎を心の中で詰《なじ》った。それだけ頼りにされているのだろうが、詰られたほうは堪ったものではない。

背中を刺されるような感覚は、少し強くなってきているようにお香は感じていた。

おそらく、相手が書状という、実際に行動を起こしたことがお香の気持ちを、さらに苛《さいな》むのであろう。

お香は、嫌なほうに気持ちが向いた。

「だんだんと……」

迫ってくる見えぬ相手に、心が拉《ひし》がれる気分であった。

まだ、昼日中である。よもや、危害を加えられることはなかろうと行きはよいのだが、恐いのは帰りである。しかし、帰りは竜さんと虎さんがついてきてくれる。

「……さあ、早く行きましょ」

カラコロと下駄の音をわざと高く上げながら、お香は気持ちを紛《まぎ》らわすのであった。


ちょっとしたことでも、お香は敏感になっている。

下谷広小路の中ほどに建つ芝居小屋『不忍座』の前に差しかかったところであった。

小屋の中では、不忍組娘十八人衆の唄や踊りや演劇が繰り広げられている。

先だっては、朝の部の公演が跳《は》ねたあと、木戸口から男たちがぞろぞろと出てきて喧嘩がはじまった。あのあと、どうなったかはお香の知るところではない。

「これから、娘十八人衆の『駕籠《かご》舁《か》き踊り』がはじまるよー」

木戸番の声があたりに響いたところで、ふとお香に気づくことがあった。

——あっ、これは……。

木戸番の声に押され五、六人の若者が四方から小屋のほうへ集まってきた。みな、十八人衆に逢いたくて目がぎらぎらしている。

これかもしれないとお香が気づいたのは、男たちが放つ、娘十八人衆に入れ込む視線であった。お香が今まで感じた、刺すような視線が小屋の中に向いている。

——娘十八人衆は、男たちのこんな視線を浴びているのか……。

恐いだろうなと思いながら、お香が歩き出そうとしたところで見覚えのある顔を見つけた。

——おや、あれは……？

見たことのある若者である。二十歳《はたち》ぐらいの男が木戸番に銭を払い、小屋の中に入ろうとしたのを、お香は見かけた。

——大和屋の貫太郎《かんたろう》さん。

幾たびか大和屋の七郎二郎左衛門のところに将棋指南をしに行ったとき、母屋の中で見かけたことがある。だが、それは離れたところからであって、まじまじと顔を合わせたこともなく、ましてや話など交したことは一度もない。

「——どうも、一人息子で甘やかしたせいか凡庸《ぼんよう》な倅《せがれ》となりまして」

将棋など、とんと興味がないと七郎二郎左衛門は倅のことをあげつらって言った。

そのときに一度『貫太郎』と名を言われたのをお香は思い出していた。

小屋に入るときの貫太郎の目は、異様にギラギラしていた。

――まさか、あの人？

今までの視線は貫太郎のものと、一瞬お香は思ったものの すぐにそれは打ち消すものとなった。

貫太郎が小屋に入る前、お香と顔が合ったが刺すような視線ではない。貫太郎の気持ちは、小屋の中で演じる娘十八人衆に向いている。もし、お香をつけ追う男であったなら、素振りか表情になんらかの変化があるはずだ。

――それにしても十八人衆の人気って凄《すご》いのね。ところで、駕籠舁き踊りってどんなのだろう？

演目を想像しながら、お香は再び歩きはじめた。

将棋盤を囲んで、四人が息を潜《ひそ》めている。

「おい虎さん、今カチッと音がしなかったか？」

「しませんよ、ご隠居。ちゃちを入れないでくれませんか」

いつものとおり、梅白と竜之進に虎八郎、そして下男の長助を交えての、この日は『お金将棋』に興を嵩じていた。

いつものとおり一人あたま一朱を賭け、勝った者が一挙総取りの決め事であった。

将棋の駒を山に積み、山を崩さないよう順番で一駒ずつ自分の手元に引き寄せれば、獲得となる。山から引き出すときに、微細な音でも立てたら獲得の権利を失うという、極めて幼い子供たちが好む遊びであった。

大の大人が、真剣にうつつを抜かすのは、賭け事としての妙味があるからだろう。

「あっ、ちくしょう。長助の奴王様を取りやがった」

梅白の、普段とは異なった言葉の汚さも、博奕というものによって、人格の波長が狂わされてのことによるのであろう。

「ご隠居、すみませんね、一両いただきやした……」

皺顔の横筋を数本増やし、にっこりと笑う長助を見て、三人の顔が歪みをもった。

駒の種類によって加点の取り決めがある。王様は一両、飛車角は二分……歩兵は一文という具合である。獲得した駒の合計により優劣が決まってくる。

長助が二両二分の獲り駒をもち、断然有利にあった。このままでは三朱いただきというところまできて、玄関の引き戸が開く音がした。

先日、お香からさんざん厭味《いやみ》を言われ、この日は閂をかけていなかった。

「ごめんください」

と、お香の声が梅白の部屋まで届いた。

「早く、しまえ」

遊戯の途中で、積まれた駒の山は崩され勝負はお流れとなった。

「またですかい？」

納得のいかぬのは、長助である。口を尖らせ、不満の声を漏らした。

「仕方あらんだろう。ここを見つかったらわしはお香から破門される」

「いいんじゃないですかい、どうせ上達などしない将棋なのですから」

「ご隠居に向かって、無礼であろう」

虎八郎が、辛辣なもの言いの長助をたしなめるように言った。

お香が竜之進に伴われ、梅白の部屋に入ったときには、すでに盤上は本将棋の駒の配置がなされていた。

「おっ、真面目にやっておりますね」

真剣な顔を盤上に向ける二人を見て、お香が相好を崩した。

「へん、今まで何をしていたのか知らんで……」

「うぉっほん」

長助の余計な口を、梅白は大きな咳払いで制した。

この日お香は、将棋を指したくない気分であった。

将棋指南よりも、相談のほうに気が向いている。懐にある二通の書状について、意見を聞きたかった。

それでも、せっかく来た以上は一局でも指さなくては指南役としての立場がない。

「今日は駒落ちなしで行きましょ」

二十手で詰ませられなかった場合と、その間に王手をかけられたらお香の負けという。指南役の負担が重い、初心者中の初心者を相手にするときの取り決めである。

「よし、それで行こう」

そこまで落とされ、本来は屈辱を感じるものだろうが梅白は違った。なんであれ、勝てればよいのである。

十五手目で王手を食らい、この対局はいとも簡単にお香の負けとなった。

「どうだ、まいったか？」

梅白の、上機嫌な高笑いが屋敷の中に轟《とどろ》きわたった。

「まあ、お強くなったこと」

たまには負けてやり、機嫌を取るのも大事なことである。とくに梅白の場合は、勝つ喜びを知ることによって、やる気を出す気性のもち主である。

「もう一番、行くか？」

やはり、将棋に乗ってきている。

「それでは、今度は駒落ちで……」

「いや、もう一番この取り決めでいきたいものよ」

お香とすれば、なんでもよい。むしろ早く勝負のつくほうがありがたい。これを済ませたら相談をもちかけようと、気持ちは将棋とは別のほうに向いていた。

次の一局は、ちょうど二十手目で梅白の王様を討ち取りお香の勝ちとなった。二度もつづけて負ければ、どれだけ梅白が有頂天になるかしれない。実力を思い知らせるのも、指南役の役目である。

初心者相手の、退屈な将棋である。少しは強くなってきていれば、教える張り合いというのがあるのだろうが、梅白の場合は一向に強くならない。

「悔しいな、もう一番」

勝っても負けても向かってくるところは、やはり将棋が好きだと思われるのだが。

「いえ、きょうのところはこのぐらいにしておきましょう」

お香が来てからまだ四半刻と経っていない。

「そうか。どうも指し手がいつもと違うような気がしていたが、何かあったな」

「えっ、ご隠居様は手順でもって、こちらの気持ちが分かるのですか？」

もし、指し手の手順でそれが分かるならば、名人の域に入っていてもおかしくはない。お香は、梅白の言葉にいささかの驚きを抱いた。

「いや、手順などでは分かりっこない」

それを聞いてお香は、安心する思いであった。お香ですら、指した手順を見て相手の気持ちが分かるまでの域には入っていないのだ。

「ならば、どこでお分かりになりました？」

「いつもと違って、駒音に元気がなかった。お香が指すときに、どうも小気味《こきみ》のよい音がせなんだ」

「左様でしたか……」

自分では気づかないものだと、お香は思った。お香自身も相手の指し方、手の動きによって心持ちを読み取ることがよくある。

将棋は弱いが、所作により相手の気持ちを見ぬける梅白を、さすが齢の功だとお香は思った。

五

「そうか、つけ狙う者が誰だか分かったのか？　よし、竜さん虎さん、これから行ってとっちめてやりましょう」

「いえ、ご隠居様。まだ、誰だとは……」

「ならば、何があったのだ？」

お香は、懐から二通の書状を出した。

「こんなものが届いたのです。これは昨日……そして、これは今しがた将棋会所に」

「なんだ、これは？」

首を傾げた梅白は、封の開いているほうの書状をもった。

「なになに……ちょっと竜さん、これなんと読む？」

梅白はのっけから読めず、書状を竜之進に渡して見せた。

「ご隠居、酷《ひど》く汚い字ですな。虎さんに、分かるか？」

「どれどれ……」

書状を渡された虎八郎も首を捻って考えている。

「これは、最初は拝桂と書かれてますが、おそらく拝啓の間違いでしょう」

拝桂を拝啓と読むだけのことで、書状は三人の男の手に渡った。

「さすが虎さんだ。ならばついでに、声を出して読んでくれ」

「さすがなどと……」

つまらぬところを褒められ、虎八郎も恐縮している。

かしこまりましたと言って、虎八郎は声を出して本文を読んだ。

「……一土？」

途中まできて、虎八郎の読みがつかえた。

「……そうか、一度という意味だな。一度おつきあいしていただきたくおねがい毛しあげる……これは、毛ではなく申しあげるだろう……しだいです。こんなところですが、差出人の名はございませんな」

ようやくの思いで、虎八郎は全文を読んだ。

「ご苦労だったな」

梅白からの、労《ねぎら》いの言葉であった。

「汚い文字だが、思いは伝わって来る。お香を好いてはいるけれど、なかなか自分の身を明かせられない晩熟《おくて》の男なのだろう。こんなつけ文を出すには、相当な勇気を振り絞ったのであろうな。おそらく、お香をつけ追う者に間違いなかろうけど、心が純真なのであろうよ」

「しかしご隠居。相手が分からないというのも、不気味なものですな」

竜之進が、不快そうに眉間に皺を寄せて言った。

「それもそうだ。お香が不安がるのもよく分かる。この手の男に対し下手な態度に出たら、逆上される恐れもあるからのう。そんなんで、包丁でひと突きにされたって話はよく聞くところだ」

梅白の見方は、純真男から逆上男へと変化する。

「はぁー」

梅白の話に、お香の口から大きなため息が漏れた。

「まあ、喩《たと》えの話だから心配はいらんよ、お香……」

不安が募り肩を落とすお香を慰めたのは、梅白でなく虎八郎であった。

「しかし、姿が見えんというのは気持ちのよくないものだ。して、もう一通のほうは……？」

お香さんへと、宛名が書いてあるほうの封を開ける。

どうせ、同じ内容だと思って開けなかったとお香は言ったのだが——。

「やはり、酷い文字ですな。えーと……」

読むのは、前文を読破した虎八郎の役目であった。

拝柱とは書かれていない。

　お香さま
なんで変事をいただけないの
そんなにつれないひとと
重いませんでした
わたしのことをいやと
いわないでください

書状はここで終わっている。

「間違い字が陰にこもってるようで、なんとも恐いですな」

書状を読み終わった虎八郎が、ふーっと息を一つ大きく吐いて言った。

「まったくだな。内容といい不気味だ。これは、単なる晩熟な男ではない。世にいう変質者の類《たぐい》であることに間違いないでしょう」

竜之進が、腕を組んで言った。

「身分を明かさずに、好き勝手なことを書いてある」

梅白の声音にも、怒りがこもる。

三人の話を黙って聞いていたお香は、さらに不安に苛まれたか、がくっと肩が落ちている。

「お香、心配せぬでよいぞ。わしらがついているからの。のう、竜さん虎さん」

「左様でございますとも、ご隠居」

「お香のことは、俺たちが守ってやる」

梅白、竜之進、虎八郎と三様の慰めを聞いてお香の張り詰めた気持ちは、幾分の緩みをもった。

「ありがとうございます」

御俠なお香にしては、殊勝な返事であった。

「それで、お香……」

「はい……」

「この男に、心あたりはないのか？」

「はい、まったく……」

と言って、お香は言葉を止めた。すると、将棋の一手を読み耽《ふけ》るように、腕を組んで思案にくれる。

——いつごろからあの嫌な視線を感じたのだろう。

端《はな》からのことをお香は思い出していた。

「……一番最初に感じたのは」

ぶつぶつと、お香の呟く声が聞こえる。しかし、それに語りかける者はいない。梅白たち三人は、お香が思い出すのを邪魔をせずに黙って見やっている。

「……大和屋さんに、指南に上がってから」

うーんと、お香はここでひと唸り入れた。

お香は、大和屋七郎二郎左衛門の、仁王様を思わすごつい顔を思い浮べていた。あのとき『——どうかしたかね、師匠？』と訊かれたことが脳裏に甦る。

「そうだあのとき……」

「あのときとは……？」

思わず口から出たお香の言葉に、すかさず梅白が問いを発した。

「うしろから視線を感じて……」

振り向いたときに、七郎二郎左衛門の問いがあった。そのときは、一瞬奉公人のお房のものと思っていたが、それとは違う視線であった。別のところから発せられたものと、お香は今にして感じ取った。

お香は、先だって大和屋であったことを順次、梅白たちに語った。

「ならばお香は、なぜに端から大和屋さんのことを語らなかった。お香にしては気づくのが遅いような気がしたが……」

梅白が言うのはあたり前なことである。大和屋の母屋の中で、そんな視線を感じたならば真っ先に、その家の者から疑うのが筋であろう。

「いえ、そのときは女中さんのものと思ってましたが、気のせいだと……」

「その大和屋という中で、お香には心あたりがないのか？　例えばその家の倅とか、奉公人とか……」

「……貫太郎？」

強い口調で、虎八郎が訊いた。

「今、かんたろうとか言わなかったか？」

お香の呟きが竜之進の耳に入った。

「はい、大和屋さんのご長男で……」

「跡取り息子か？」

「そのようです。どうやら一人息子みたいで……」

「お香は、その貫太郎というのをよく知っているのか？」

三人から、矢継ぎ早の問いたてであった。

「いえ、話したことはないです。ですが、顔は知ってますけど……」

「なんで名を知っているのだ？」

「旦那様から聞いて……。一人息子のせいか、甘やかして育てたようで凡庸としてると、旦那様は自分の子を蔑《さげす》んでました」

「どうやらご隠居。その貫太郎という者が怪しいですな」

竜之進が、断定するような口調で言った。

「うむ、お香の話からすると間違いなかろう」

梅白が大きくうなずいて言った。

「ですが、貫太郎さんは……」

お香が口を挟んだ。

「ですがとは、何かあるのか？」

「なんだか違うような……」

梅白の問いに、お香は首を傾げて言った。

「ご隠居様たちは、下谷広小路にある不忍座というのを知ってますか？」

お香が、不忍座の木戸で貫太郎を見かけたことを引き合いに出した。

「不忍座……わしは知らぬな」

「不忍座なら、拙者は知ってる」

「やはり、虎さんは好きなんだな、ああいうのが」

身を乗り出して知ってると言った虎八郎を、竜之進はにたり顔して茶化《ちゃか》した。

「竜さんだって……」

「どうも、ああいう娘がちゃらちゃらしたのは好かん」

「そうか、けっこうかわいくていいけどなあ」

どちらかといえば、竜之進は生真面目で、虎八郎のほうは砕《くだ》けている性格であった。

その性格を、梅白は巧みに使い分けている。

「虎さん、なんなんだいったいその……なんだっけ？」

「不忍座です」

「そう、その不忍座ってのは？」

「不忍組娘十八人衆といいまして……」

「違うとは？」

娘芝居が、虎八郎の口から流暢《りゅうちょう》に語られる。

「娘の粒がそろってますから、それはかわいいの、かわいくないの……」

「ほう、そいつは面白そうだな」

「それはご隠居、けっこう華やかなもので、ご老体の若返りの秘訣ともなりますぞ」

「ならば、どうして今まで黙っていた？」

「年寄りの冷や水だと思いまして」

虎八郎のほうが、梅白に対してもの怖《お》じはしない。

「失敬な」

「ですが、やはりご隠居にも知っていてもらったほうがよろしいと思いまして……」

お香の相談をほっぽり出して、梅白と虎八郎の会話が進む。

「人それぞれに、贔屓の娘がございまして、拙者などは夏生《なつき》なんぞ……」

「まったく虎さんは好きだ、ああいうのが」

あきれ返った口調で、竜之進が話を混ぜた。

「虎さんはよく行くのか？」

「はい、たまにですが」

このごろ一人で出かけることがあるのは、これだったかと竜之進は思った。

「よし、行くぞ」

二人の話に、梅白が立ち上がろうとする。

「どちらへですか？」

「決まってるではありませんか。行きましょ行きましょ、さっそく行きましょ」

言って梅白が立ち上がったところで、長助の声が襖越しにかかった。

「昼餉《ひるげ》のうどんができましたが……」

「そんなものはいらん。さあ、行きましょ」

梅白の心は、すでに娘十八人衆にあった。

「ご隠居、昼めしを摂りませんと眩暈《めまい》がしてきますぞ。あまり華やかすぎて……」

虎八郎の諫言《かんげん》に、梅白は従った。

「分かった。早く仕度をせい」

怒鳴るように、襖の向こうにいる長助に命じた。と同時に襖が開き、数人いる下男下女の手により銘々膳《めいめいぜん》が四脚運ばれてきた。それぞれの丼の中身は、油揚げの浮かんだうどんの煮込みであった。

「早く食せよ」

「ご隠居。食べながらでも、お香の話を最後まで聞きませんと」

逸《はや》る梅白を、竜之進が諫めた。

六

どこまで話がいっていたのか、お香は失念していた。

「どうしたお香？　早くつづきを話さぬか。みなうどんを食べ終わってしまうぞ」

急《せ》かすから余計に頭の中は混乱をきたす。

――不忍座と言ったあたりから話は逸《そ》れていった。

「あっ、そうか。それではつづきを……」

お香はうどんを一口啜《すす》って、おもむろに話し出した。

「あたしが貫太郎さんでないと思ったのは、先ほど不忍座の木戸で、貫太郎さんと顔を合わせたから。そのとき、あたしを見ても変わった様子はありませんでしたので……」

「ほう、貫太郎の様子に変化がなかったというのか？」

お香のことで、今まともに相談に乗れるのは竜之進だけである。ほかの二人は不忍組娘十八人衆に頭がいき、一心不乱にうどんをかっこもうとしている。しかし、熱くて箸が進まない。ふーふーと息を吹きかけ、つゆを冷ますのに余念がなかった。

「はい、おかしく思いませんか、竜さんは……？」

「それはおかしいな。本来なら、それほどの想い人に会えば、目を瞠《みは》ることぐらいするだろうに。顔が赤くなるとか、いろいろ……」

身に覚えがあるのだろうか、竜之進はすらすらと喩えを上げた。

貫太郎でないとなると、いったい誰だろうとお香は思うものの、大和屋の中で浮かぶ者はいない。

「どうした？　早く食わんと置いて行くぞ」

梅白の丼は、半ば減っている。お香と竜之進は話をしていたのでほとんど箸をつけていない。梅白に促され、お香は再び丼を手にもった。

「ああ、おいしい」

少し刻が経っているので、うどんのつゆも冷めてきている。急いで食すには、ちょうどよい熱さになっていた。

ずるずるとうどんを啜る音が、部屋中に鳴り渡る。

四人が食べ終わるのが、ちょうど一緒であった。

「さて、出かけましょうか。早くせんと、娘芝居が跳ねてしまうからな」

「九ツ半を少し過ぎたあたりです。芝居は途中からになるでしょうが、半刻ほどは観られます」

不忍座においては事情通の虎八郎が言った。

「まあ、端《はな》はどんなもんだかを観るだけでよい」

「左様ですな。最初から全部観ますと、年寄りには毒ですから」

「何を申すか虎八郎は……さて、まいりましょうか」

叱るときは名を呼び捨てにする。

「ちょっと待ってください、ご隠居……」

「どうした、虎さん？」

「行ったとしても、小屋に入れるかどうか。人気を博してますからな、札止《ふだど》めが気にかかるところです」

この半月ほどで、娘十八人衆はとみに人気に拍車がかかっていた。このごろでは、満員札止めになっていることも多い。それを心配して、虎八郎は言ったのである。

「四人全員、入れますかどうか……？」

「まあ、とにかく行ってみましょう」

梅白の落ち着かない腰が上がった。それに合わせ、三人も立ち上がる。

それから四半刻後、四人は不忍座の前に立っていた。

「ここですか。気づかなんだな」

梅白は、庇にかかる看板を見上げて言った。

「虎八郎の奴、独りで黙って観にきおって」

虎八郎に向けて、梅白が厭味《いやみ》を飛ばす。

「ご隠居、黙っていたわけでは……」

「それにしても、よく大の男が独りでもって入れますね。恥ずかしくないのかしら？」

お香からは、辛辣な言葉が飛んでくる。

「まあ、せっかくですからちょっと入ってみましょうか？」

虎八郎は、お香の苦言を避けるため一人木戸番のところに足を向けた。

木戸番との交渉が長引いている。三人はその様子を離れたところから黙ってうかがっていた。やがて、虎八郎が戻ってくる。

「あと二人で、札止めになるそうです。ご隠居、いかがいたしますか？」

「四人は入れぬのか」

「でしたら、ご隠居と虎さんでどうぞ。お香はいいだろ？」

「ええ、あたしは……」

不忍組娘十八人衆には興味のない竜之進とお香が外れることになった。

芝居が跳ねるのは半刻後である。待ち合わせ場所を決めて、二人ずつ別れることになった。

足取りも軽く、梅白と虎八郎が木戸から小屋の中へと入っていく。

「……いい齢こいて」

竜之進の口から呟く声が漏れた。

「いえ、それがご隠居様のお若いところよ」

「うん、元気があってそれもよかろうな」

お香の返しに、竜之進は前言を撤回した。

さて、これからどこで半刻を潰《つぶ》そうかと、お香と竜之進は行く先を考える。将棋を指していれば、半刻などあっという間なのだが、竜之進相手ではどうもその気になれない。

「そうだ、お香。先ほど言っていた大和屋というのに案内してくれぬか？」

お香も半分その気になっていた。だが、あの視線に触れるのが恐いとためらいも半分あった。だが、今は竜之進がついている。恐い思いは、お香の中から消えた。

「分かりました。大和屋さんは、ここから三町ほど先の下谷長者町に……」

「下谷長者町といえば聞いたことがあるな」

「ええ、先だって関わりがあった骨董屋《こっとうや》の『萬石屋《まんごくや》』さんが……」

「あっ、そうか。主の市郎左衛門《いちろうざえもん》さんは息災《そくさい》であるかな。帰りにでも寄って……そうだ、ならばあいつ、なんだっけ？」

「貫太郎さんですか？」

「そう、大和屋の貫太郎の評判を訊《き》いてみたら」

萬石屋の市郎左衛門とは、一月《ひとつき》ほど前に深い因縁ができた。骨董に関わるいざこざから、店の窮地を救ってやったことがある。

「ご近所ですから、それはいい考え。さすが竜さんね」

あのあと、市郎左衛門からは一度だけ礼が梅白のもとにあったが、以来無沙汰をしている。歓迎されこそすれ、邪険にはせぬであろうというのが二人の読みであった。

ちょうどいい聞き込み先ができたと、お香と竜之進のほうは、下谷長者町を目指したのであった。

三町ほど歩いて、お香と竜之進は大和屋の前に立った。

陸送屋らしく、店前には大八車が十数台横づけされている。

「あらよっと……」

まだ薄ら寒いというのに捩《ね》じり鉢巻をして、茄子紺色《なすこんいろ》の袖なしに半股引《はんももひき》の姿の奉公人が、荷台一杯に荷物を積んで、大八車を引っ張る姿があった。

男衆の多い職場であったが、みな忙しそうに立ち振る舞っている。昼日中から、娘踊りに興じるような軟弱そうな男は見あたらない。みな、仕事柄筋骨隆々で中には全身に、びっしりと刺青《いれずみ》を彫っている者もいた。

「こちらは関わりなさそうね」

お香は、母屋の門前に回ることにした。

店と蔵と母屋を合わせ、およそ六百坪ある敷地を半周する。敷地の内半分は、母屋がしめていた。

屋敷を半周して、裏側に母屋の門がある。

お香と竜之進は、もの陰に体を隠し様子をうかがった。

しばらくすると、大和屋に動きがあった。

「あっ、誰か出てきた」

門の中から二人の男が出てくる。揉み手をする一人は、お香のよく知る男であった。将棋の弟子である七郎二郎左衛門である。

「あれがご主人の七郎二郎左衛門さん……」

そして、もう一人は——。

「ずいぶんと派手なお侍さん」

七郎二郎左衛門の脇に立つ、武士の姿を見てお香は言った。

龍の図柄が描かれた派手な着物を着流している。帯も金糸銀糸の市松模様で織られた、眩《まばゆ》いばかりのものであった。そこに二本の大小を帯びている。頭髪には月代《さかやき》がなく、一見浪人風の髪型であった。

「ああ、あの姿では、小普請組《こぶしんぐみ》に属するのであろうな」

「小普請組って……？」

「無役の旗本か御家人のことをいう。あの姿では、千石以下の旗本のようだな」

もの陰でのひそひそ話であった。

「旗本って……？」

「しーっ、何か言っている」

お香の問いを遮《さえぎ》り、竜之進は人差し指を口の前に立てた。

「それでは主《あるじ》、よしなに頼むぞ。何せ、旗本というのは退屈しておるからな」

名が分からぬものの、派手な姿の侍は、やはり旗本であった。

「かしこまりました。お任せくださいませ……」

揉《も》み手をし、ぺこぺこと頭を下げて七郎二郎左衛門が応対をしている。

「うぬ……」

と残して、旗本は去っていく。七郎二郎左衛門は、旗本の姿が見えなくなるまで見送り、そして門の中へと入っていった。

その後、しばらく様子を見ていたが何も変わることがなく、お香と竜之進はその場を立ち去ることにした。

これから萬石屋に寄るので、梅白たちとの約束の刻に間に合わなくなるとの配慮であった。

「貫太郎さんの姿は見せられなかったけど……」

「まあ、いいだろう。何も見られなかったわけではない。主の顔を見ただけでも、来た甲斐があったというものだ」

それでは行こうかと、二人は二町離れた萬石屋の主市郎左衛門に会うため歩《あゆみ》を取った。

庇《ひさし》に『骨董商　萬石屋』と金文字で書かれた金看板が掲げられている。

店頭に見世物として出す、古こけた大きな甕《かめ》に、パタパタとはたきをかけている若者にお香がうしろから声をかけた。

「庄吉《しょうきち》さん……」

「うわっ」

いきなり声をかけられたものだから、庄吉の手元が狂った。思わずはたきの柄《え》でもって、甕の口を叩いてしまい、ゴツッと鈍い音が聞こえた。

「あれっ……ひびが入っちゃった。誰ですか、いきなりうしろから声をかけるのは？」

口を尖がらせて庄吉は振り向く。

「あっ！」

庄吉の驚く顔が向くが、すぐにその顔は笑顔に変わった。甕にひびを入れられた怒りは、お香と竜之進の顔を見た途端に吹っ飛んだようだ。

「ごめんなさい、いきなり声をかけて……」

「いや、よろしいのです。こんなのは安物ですから、ひびが入ろうが割れようが……」

一月ほど前、大道のいんちき将棋に引っかかり、庄吉が難儀をしていたところを助けてやったことがある。それがきっかけで、主市郎左衛門がもたらす大名同士の賭け将棋に関わりをもった。そんな縁が、骨董商である萬石屋とできていたのであった。

「あの折は助けていただき、ありがとうございました」

「お礼なんて、もういいのですよ。それより、ご主人の……」

市郎左衛門の在宅をお香が訊いた。

「はい、おります。お香さんと竜之進さんが来たといったら……ちょっと待っててください、すぐに呼んできますから」

言って庄吉は速足で店の中へと入っていった。

七

母屋の奥にでもいるのだろう。市郎左衛門が出てくるまで、幾分の間があった。

店の中に入った二人は、飾る骨董に目を配っていた。

「なになに……宮本武蔵《みやもとむさし》が稽古《けいこ》で使っていた木剣……本当かよ？」

見世台の上に横たわった傷だらけの木刀を見た竜之進が、胡散臭《うさんくさ》そうな顔をして言った。

「こっちの太鼓なんか、大石内蔵助《おおいしくらのすけ》が討ち入りで……」

お香が言ったところで、奥のほうからどかどかと急ぐ足音が聞こえてきた。

「これはこれは……」

と、姿を見せぬうちに聞き覚えのある声が聞こえてきた。

「ようこそお越しいただきましたなあ。さあ、上がって上がって……」

二人を見た早々、下にも置かぬような市郎左衛門のもの言いであった。

「何をいたしておる、庄吉。早くお二人を奥へご案内……」

「いや、けっこうでござる。あまりゆっくりとはしておれませんで」

竜之進が、市郎左衛門の申し出を、手を上げて断《ことわ》った。

「あの折りは……」

「いや、もうお礼なんぞ……」

いらぬと、ここでも手をかざして竜之進は遮る。

「左様ですか……ところで、きょうはご隠居様は？」

不忍組娘十八人衆に入れ込んでいるのを語ってよいのかどうか、竜之進は迷った。

「今ですね、不忍座に行ってますのよ」

　竜之進の気持ちを差し置いて、お香が言った。

「不忍座って……？」

　市郎左衛門が、不思議そうな顔をして言った。

「旦那様。今流行《はやり》の、不忍組娘……」

市郎左衛門は知らないと思ったか、庄吉が脇から口を出した。

「そのくらい知っていますよ、わたしだって。庄吉、おまえは黙っていなさい」

「へーい」

　庄吉の口を遮らせて、市郎左衛門はさらに問う。

「お一人で、そんなところに？」

「いえ、虎八郎も一緒です。あいつも好きなものでして」

「それにしても、お元気でございますなあ」

「どうも、すみません」

　市郎左衛門の言っていることが皮肉に聞こえ、竜之進が謝《あやま》りを言う。

「何を謝ることがございます。お齢にめげず、ああいうところに行けるのは羨《うらや》ましい限りです。いや、お盛んお盛ん」

そこまで言われると、ますます気恥ずかしくなってくる。

「ところでご主人……」

竜之進は話の矛先を変えた。

「なんでございましょう？」

竜之進の真剣な眼差しに、それまでにこにこしていた市郎左衛門の顔から、さっと笑みが引いた。

「旦那様は、大和屋さんをごぞんじですか？」

これはお香が訊く。

「大和屋さんて……？」

「陸送屋の大和屋さんのことでしょ」

またも庄吉が口を挟む。

「また脇から口を出す。黙っていろと言ったではありませんか。知っていますよそのぐらい。あそこの旦那さんとわしとは、名が似ておるからの」

たしかに、七郎二郎左衛門と市郎左衛門は語呂が似ている。

「へーい、すみません」

「その大和屋さんが、どうかなされましたかな？」

庄吉の口を止めてから、市郎左衛門の顔がお香と竜之進に交互に向いた。

「いや、どうということもないのですが。大和屋さんに息子さんが一人いるでしょ？」

お香が何気ない風《ふう》を装って問う。

「息子さん……？」

「旦那様、あの倅さんのことじゃないでしょうか」

口を止められていた庄吉が、またまた身を乗り出した。

「おまえは知っているのか？」

今度は、市郎左衛門の咎めはなかった。逆に、訊き返される。

「旦那様は、ごぞんじなかったのですか。あの倅の噂……」

ときどき品物の入荷が大和屋の便によってなされるが、それ以外で取り立ててのつき合いはなかった。市郎左衛門は、市井《しせい》の細かなところには疎《うと》い。むしろ、庄吉などの若者や女などのほうが、噂などに対しては敏感である。

端《はな》から庄吉に訊いとけばよかったと、お香と竜之進は思った。

「たしか、貫太郎っていいましたよね？　あの倅……」

「おまえ、名まで知っておるのか？」

「はい、旦那様」

庄吉は、誇ったような顔をして返した。

「ええ、たしかに貫太郎さんていうのですが。庄吉さんが言う噂って？」

ここが肝心とばかり、お香が足を一歩進めて訊いた。

「あまり、いいことは聞きません。家の中に引きこもったままでめったに外に出ないと。ですから、今まではご近所の人も顔を見たことがない人が多く……。旦那様がごぞんじないのも仕方ないと思います」

「引きこもったままか……。それで、今まではということは？」

竜之進の問いであった。

「はい、このごろになって見かける人が多くなったようで。どうやら……あっ」

ここで庄吉は、驚くような声を上げた。

「どうしました、庄吉さん？」

「ご隠居様が今行っている……」

「不忍座のこと？」

「ええ。そこに入り浸《びた》りのようだとつい二日ほど前、配達先で聞いたことがあります。手前には関わりのないことなので、へえなんて、そのときは気のない返事をしました不忍座の木戸の前で見かけたのは、やはり貫太郎であったのだと、お香は思った。

「それで、貫太郎さんのことでほかに……？」

噂はないかと、お香が重ねて訊いた。

「貫太郎についてはそれだけですが、同じような倅をもつ大店が、ほかにも二軒ばかりあるようでして……」

「その倅が、娘十八人衆に入れ込んでいるってこと？」

「それだけでしたら、ご隠居様も虎八郎さんも同じでしょう」

「ご隠居は、入れ込んでなんぞいないぞ、庄吉。今日初めて……」

不忍座に行ったのだと、竜之進はむきになって言った。

「いや、これはご無礼なことを申しました。これ庄吉、言葉が過ぎるぞ」

「申しわけございませんでした」

「謝るのはいいから。それで、どこが貫太郎さんと同じなのです？」

「やはり、引きこもっていたという噂です。でも、不忍組を観てからというもの外に頻繁に出るようになり、明るくなったとご両親もよろこんでいるようでして。これも、娘十八人衆のおかげだと」

しかし貫太郎の親である七郎二郎左衛門は、娘十八人衆については触れなかった。若いお香に語るのに、気恥ずかしいものがあったのだろうか。それとも、関わりがないことだと黙っていたのか。お香は、判断がしかねるところであった。

「もうそろそろ行かないと、お香……」

そろそろ半刻が経つ。ご隠居を待たせてはつき人としての役目が果たせぬと、竜之進はお香の袖《そで》を引いた。

「そうですね……」

これ以上庄吉から聞き出せないだろうとの思いもあり、お香は竜之進の意に従った。

「どうもお邪魔をいたしました」

「こちらこそ、おかまいもせず……」

申しわけなかったと、市郎左衛門と庄吉が頭を下げた。

——おや？

このときもお香は、背中にあの冷たい視線を感じたが市郎左衛門と庄吉の手前、口にすることはなかった。

骨董商の萬石屋を出て、十歩も歩いただろうか。

「竜さん、あれを……」

　ご覧と、お香は前を見据えて言った。

「ああ、あの派手な姿は俺も気づいている」

　向かい側から、先ほど大和屋の母屋の門前で見かけた、派手な形《なり》の旗本が歩いてくる。すれ違う際、旗本の目はなぜか竜之進のほうを向いた。だが、無視するように真っ直ぐ前を向いて歩くお香と竜之進は、気づくものではなかった。

　旗本をやり過ごし、数歩行ったところで二人は足を止めて振り向いた。すると旗本は、萬石屋に向かって歩いていく。

　店先にいた庄吉が、ペコペコと頭を下げて応対をしている。

　やがて旗本は、庄吉との話が済んだか、店には入らずお香たちとは逆の方向に立ち去って行く。

「庄吉さんと何を話してたのでしょうね？」

「ちょっと、気になるな。聞いてこようか？」

　そうしましょうとお香が返し、二人の体が萬石屋のほうに向いた。

「ちょっと庄吉さん……」

「あっ、どうなされました？」

戻って来た二人に、庄吉は訝しそうな表情を向けた。

「今しがた来たお武家だが……」

「ああ、あのお方ですか。ごぞんじで？」

「いや、以前あの派手な着物を見かけてな、誰だったかと……」

竜之進は、大和屋のことは伏せて言った。いらぬ気を遣わせることを避けたからだ。

「今、初めて来られたお客様で、名も聞いておりません」

「それで、なんて？」

「簪《かんざし》はないかって。ですから言ってやりました。簪でしたら、小物屋さんか何かでと申したら、その昔吉原の花魁高尾太夫《おいらんたかおだゆう》かなんかが挿《さ》していたものがここにあると聞いてきて来たのだと。そんなもの、あるわけないですよねえ」

「まあ、たいていはないであろうな」

だが、平気で宮本武蔵の木剣と謳《うた》ってある。さしずめ、そんなところを耳にして来たのだろうと、竜之進は思った。

「あとでまた来るから探しておいてくれと言われたので、はいと言いました」

「いったいそんなのがあるのか？」

「いえ、旦那様に言えば、どこかから適当なのを探し出してきて……」

あとのことは聞かずとも分かる。紛《まが》い物でもそれらしく見せればよかろうとのことであろう。

あの旗本については関わりなかろうと、お香と竜之進は心に留めることをやめた。

邪魔をしたなと庄吉に言って、二人は引き上げることにした。

第二章　娘十八人衆

一

　不忍座の、娘十八人衆の芝居が跳ねたあと四人が落ち合うところは、上野北大門《うえのきたおおもん》町《ちょう》の路地を少し入った、梅茶漬けの旨《うま》い『お梅茶屋』と決めてあった。

「いやあ、うどんだけでは腹が減った。わしは茶漬けを頼むが……」

「手前も、腹が減りました。梅茶漬けでも」

　梅白と虎八郎が、空腹を覚えていると言う。昼餉のうどんを食してから、まだ一刻も経っていないのだが。

「お香と竜さんは、腹が減らぬのか？」

「ええ、あたしは……」

「手前もさほどは腹が空いてはおりません。茶だけでけっこうです」

お香は不思議な思いにとらわれていた。いつもは、体のためにと小食であるはずのご隠居が、間食をすると言う。

「ご隠居様は、そんなに動いたのですか？」

体を動かさねば、さほど空腹は覚えぬものである。しかも、芝居小屋の中では座りきりであろう。むしろ、お香と竜之進のほうが行ったり来たりで、半刻の間にかなり歩いている。だが、それだけでは空腹になかなかならない。

「いや、それがだな、お香……」

口にしたのは虎八郎のほうであった。

「小屋の中は凄い熱気でな。一応座蒲団は置いてあるが、一人も座っている者なんておらんのよ。みんな立ち上がって、わぁわぁ、きゃあきゃあで唄や芝居の声など聞き取れんほどだ。半刻の間、立ち上がって体を動かしていてみろ、相当な運の動になる」

「まったくだ、虎さん。わしなんぞずっと足踏みをしていて、汗だくになってしまった」

「ご隠居、汗をよく拭いときませんと風邪を召しますぞ」

不忍座の中の熱気を知っている虎八郎が、梅白を案じた。

「そう思って先ほどよく拭いておいた。それより、腰が痛とうてかなわん。あとで、誰かに揉んでもらうとするか」

「手前もいささか腰が……」

梅白の腰揉みから逃れるために、虎八郎も自分の体の具合の悪さを言った。

「ああいうのを、集団狂騒とでも言うのだろうな。それは凄いものがある」

梅白の言葉に、実際に一度は見てみたいとお香は思った。

「ところでご隠居、娘十八人衆のほうはいかがでした？」

竜之進も興を抱いたようだ。

「ああ、すごく艶《あで》やかなものだ。若い者が熱狂するのは無理もあらんだろう、なあ虎さん」

「まったくで、ご隠居」

「駕籠《かご》舁きの恰好をして、太股《ふともも》までが露《あら》わだったしのう」

「まったく、いやらしいのだから」

にやけた梅白のもの言いに、お香が不快な顔を見せた。

「今度、俺も連れてってくれんかな、虎さん」

太股までが露わと聞いて、竜之進までも興を抱いたようだ。

「それでは近々、四人で観にまいりましょうか」

「あたしは、けっこうです。まったく男どもってのは……」

お香がふくれっ面をしたところで梅茶漬けが配膳されてきた。


茶漬けを食しながらの話となった。

「ところでお香と竜さんは何をしていたのだ？」

「はい、取り立てて何もすることはありませんでしたので、お香に連れられ大和屋の様子を見てきました。陸運屋としてはけっこう繁盛しているようでして、奉公人が忙しく立ち振る舞っておりました」

「そうか。それで……？」

大和屋の表向きはどうでもいい。奥が知りたいところだと、梅白はその先を促した。

「裏に回りまして……」

竜之進は、派手な着物を着た旗本のことを言った。そこを語らなければ、何をしていたということになる。

「ほう、旗本のう……」

「それは、お香とは関わりなき者と。それで、そのあと……」

萬石屋に行ったことを告げた。

「ほう、市郎左衛門さんは息災であったか？」

「はい、それはお元気で……」

最後に顔を合わせてから、たった一月も経っていない。そういえば市郎左衛門も同じようなことを言っていた。齢を取ると、最近の記憶でも遠く感じるのであろう。それだけ、ときが早く過ぎるような気がすると、以前年寄りの誰かから聞いたことがあるとお香は思った。

「ご隠居は庄吉という手代を覚えておりますかな？」

「それは覚えておるさ。若いにしては、けっこう聡明な子であったな」

「お子と申しても、二十歳を越えた立派な男ですわ」

「左様であったか……」

半分は記憶の外にありそうな、梅白のもの言いであった。

庄吉とのやり取りを、お香と竜之進は交互に語った。ついでに、旗本が求める簪のことも。

「貫太郎という倅は、家の中にこもっていたのか。それが、娘十八人衆に萌《も》え出して……」

ここで梅白は顎鬚をさすりながら、はたと考えに耽《ひた》った。

「そうか……」

梅白が瞑《つむ》っている目を開いた。何かに気づいたようだ。

「ご隠居、そうかとはなんに気づかれました？」

「お香をつけ回し、つけ文まで出したのはやはり貫太郎ではないな」

「何を根拠にご隠居は……？」

竜之進がつっ込みを入れた。

「単に家にこもりっきりの男だからといって、お香をつけ回すというのは早急であろう。それに、そんな行動に出る者が家に閉じこもりになるだろうか。それと、もう一つある……ああ、腰が痛い」

言って梅白は、自分の手で腰をさすった。

「だいじょうぶですか、ご隠居？」

心配をするものの、揉みましょうかとは口に出さない虎八郎であった。

「もう一つと申しますのは？」

梅白の体を気遣うことなく、竜之進は訊く。

「もう一つと申すのはだな、あの娘十八人衆に入れ込んでいる者が、お香ごときに胸を躍らせるかな？」

「お香ごときだなんて、失礼な」

ほっぺたを膨らませて、お香は文句を垂れた。

「いや、これは失言であった。しかし、そう言わしめるまで艶やかなのだよな。なあ、虎さん」

お香の怒りを宥めるため、梅白は虎八郎に相槌を求めた。

「まったくでございます。とくに手前は、夏生《なつき》なんぞ……」

「おうおう、あれが虎さんの好みか。わしなんぞ、桃代《ももよ》がむっちりしてよかったのう」

「ご隠居様は、どこを見てましたの……あっ、よだれが」

お香に口のだらしなさを指摘され、梅白は袖で口の周りを拭《ぬぐ》った。

――まったくしょうがないんだから。

ここまできては何をかいわんやと、お香はだんまりを決めた。

「どうやら、お香をつけ回す相手は振り出しに戻りそうだな。もう一度、白紙に戻ってみぬといかんな。なあ、お香」

「……」

梅白の語りかけにも、お香は黙っていた。

「どうしたお香？　黙りおって……」

「なんでもありません」

と言って、そっぽを向く。

「何を怒っておるのだろうのう？　なあ、竜さん」

「さあ、はて……？」

竜之進にだって、若い娘の心の中までは分からない。

とにかく、お香をつけ回す相手は貫太郎とは別な者だと結論づけて、お梅茶屋を退出した。

竜之進がお香の住む神田金沢町まで送り、この日は終わった。

それから三日は、お香の身にも何ごとも起こらずに過ぎた。

桜の花が、蕾《つぼみ》を幾らか膨らませた季節になっている。

お香は、朝の四ツから大和屋の主七郎二郎左衛門に将棋の稽古をつけるために向かった。

大和屋に行けば、自分をつけ回す男が誰だか分かるかもしれない。

このときのお香には、もうその男が恐いという感覚がなくなっていた。むしろ対峙《たいじ》して、どんなつもりなのかを訊いてみたいとの思いにとらわれていた。

「……まったく、どんなお馬鹿な男かしら」

独《ひと》りごちながら、お香は勇んで大和屋へと向かった。

相変わらず店の表口は、慌《あわただ》しい。

「おい、とっととやっちまわねえかい」

荷積みの親方の罵声《ばせい》が、人夫に向かって飛ぶ。

大和屋は、いつもと同じ光景であった。

「……お忙しいのね」

お香は、大和屋の景気のよさを目の当たりにして裏へと回った。

奉公人たちが朝っぱらから汗水垂らして働いているのに、主が将棋など指していてよいのかしらと、お香もつい遠慮がちとなる。大和屋の跡取りも、昼日中から娘芝居に呆《ほう》けている。親子して道楽に奔るのもいかがなものかと、指南役であるというのに、お香は引け目を感じた。

そんなことを思いながら、お香は裏門へと回る。

いつものように、女中のお房が出てきて迎え入れてくれるはずであった。しかし、お房は玄関先へ来たのは来たのだが——。

「申しわけございません、お香さん。きょうは取り込みがあって、将棋の指南は受けられないとの旦那様の仰《おお》せです。せっかくお越しいただいたのですが……」

お引き取りくださいと、お房は顔を伏せて言った。

お房の声も、幾分震えがあった。だが、他人《ひと》の家の事情である。何かあったかと訊《き》くのもはばかられる。

「そうですか。でしたら、今度はいつ……？」

来たらいいのかと、お房に訊いても分からない。

「ちょっと待っててください。旦那様に訊いてまいります」

お香は玄関先で待たされることになったが、以前にあったような不快な視線を感じることはなかった。

お香は、七郎二郎左衛門にそんな感じがしたことを打ち明け、訊こうと思っていたのだが、肩透《す》かしを食らった思いとなった。

「……きょうのところは駄目か」

お香が呟《つぶや》いたところで、お房が七郎二郎左衛門の伝えをもって戻ってきた。

「お待たせしました。旦那様が言うことには、当分の間来なくてよろしいとのことです。指南をお願いしたいときは、こちらから使いを出すとの仰せでございました」

お房の口上は、十四、五歳とは思えぬしっかりとしたものであった。だが、肩が落ち、声にはくぐもりが感じられる。

「分かりました。それではお待ちしておりますので、旦那様によろしくお伝えください」

かしこまりましたと言うお房の返事を聞いて、お香は大和屋を辞した。

「……何かあったのかしら」

下谷広小路に足を向けながら、お香は呟く。

二

むろん何かあったに違いはないのだが、お香は将棋の手を読むがごとく、大和屋の変事を歩きながら考えていた。

「お房ちゃんが言っていた……」

お香は、自分自身に言い聞かせてその場に立ち止まった。

「ちょっと待って……」

お房の言葉を思い出そうとして、お香が独り言を発したときであった。

「おい、ねえちゃん。おれんところを呼んだかい？」

遊び人風の男が振り向き、お香に声をかけた。独り言が男の耳に触ったのであろう。

「いえ、ごめんなさい。なんでもありませんの」

頭をひとつ下げ、お香は詫《わ》びを言った。

「独りでくっちゃべるんなら、もう少し小《ち》せえ声にしたほうがいいぜ」

「どうも、すみません」

遊び人風から訓《くん》を垂れられ、お香は恐縮した心持ちとなった。

――これからは気をつけよう。

気持ちを取り直し、お香は思案に耽る。

どっかに引っかかるところがあった。

口には出さずに考えることは、お房の言葉である。そこに何かがありそうだとの勘が働く。

『――当分の間来なくてよろしい』

お香は、お房の言葉を辿って、この文言に行き着いた。

——あっ、そうか。

お香が引っかかっていたのは、この部分であった。

当分の間ということは、長い期間か短い期間か曖昧なところである。もし、お身内の不幸であったなら、そんな言い方はしないであろう。内儀は二年前に他界し、そのあと七郎二郎左衛門はのち添えもなく、家族といえるのは貫太郎だけである。

親類縁者の不幸ならば、さほどの言い方はしないであろう。

「……ご不幸でなければなんでしょう?」

やはり呟きが口をついてしまう。事業で何か躓《つまず》きがあったか。しかし、店の様子を見るからに繁盛の一途を辿っていそうだ。

それではないと、お香は思う。

お房の態度が変であった。肩を落とし、声を震わせ憂いを背負っているようであった。

「……となると、貫太郎さんのことか?」

貫太郎に何かがあったかと、お香の呟きがつづく。

大きい声を出すと、また人を呼び止めてしまう。お香はそこに細心の注意を払った。

「……それに違いないでしょう」

と、お香の勘は結論づけた。ただし、貫太郎の身に何が起こったかまでは、今のところ想像がつくものではない。

「ご隠居様のところに行ってみよ」

お香は頭の中にもやもやを残しながら、梅白にことの次第をもちかけることにした。

「いや、待って……」

ようく考えれば、なぜに大和屋をそこまで気にすると、歩き出したと同時にお香の脳裏をよぎった。貫太郎に何があろうとなかろうと、所詮は他人の家で起きていることである。そんなところに首をつっ込むのは、余計なお世話と詰《なじ》られるかもしれない。

この日は、梅白のところに行く予定ではない。少し歩いてから、お香は引き返そうかと思った。

かといって、取り立てて行くところもない。将棋会所もこの日は休みであった。

どこでときを過ごそうかと考えるに、やはり繁華街は閑《ひま》を潰すのにはもってこいである。

あれだけ考えていた大和屋のことは、このときお香の脳裏から、もうどうでもいいやと、すっかり消え去っていたから現金なものである。

「そうだ、不忍座でも行ってみようかしら」

男たちが有頂天になるのはなぜなのかと、お香の興味本位であった。

女が一人で入っても別段おかしくはないと思うものの、やはりどこか気が引ける。

しかし、そんなことを言っていたら、いつまで経っても観ることはできない。ここは後学のためと、お香は割り切ることにした。

行き先が決まれば足も速くなる。

不忍座に来たのはよいのだけれど、生憎《あいにく》と満員の札止めであった。

先日まではなかった光景が、お香の目に入った。小屋に入れず、あぶれた男たちが外でごった返している。

「おい、一人ぐれえ入れさせてくれたっていいだろうよ」

一段高いところに座る木戸番に、男たちがくってかかっている。

「入ってみたところで、他人の頭しか見えねえぜ」

木戸番とのやり取りが、お香の耳に入ってきた。

「そんだってかまわねえ。なあ、頼むから入れてくれねえかい？」

「あそこを見な」

木戸番が言って指さしたところは、小屋の入り口であった。

「あと一人入ったら、あの木戸から尻《けつ》が出てしまうぜ。それでもいいなら一朱払いな」

木戸銭も、先だってまでは八十文ほどだったものが、およそ三倍の一朱に跳ね上がっている。それでも、客が小屋からはみ出すほどの加熱ぶりである。娘十八人衆の人気は、もはや絶頂に達していた。

お香があきらめようとしたそのときであった。

「あっ……」

この数日感じてなかったあの視線が背中を刺す。

振り向いて見るも、お香のすぐうしろには、不忍座に入れない男たちが十人ほどたむろしている。男たちの様子を見るも、誰もお香に関心を示す目ではなかった。

「……いったい誰？」

お香は、これは相手を探るのに絶好の機会とばかり、うしろに並ぶ男たちを掻き分けたものの、そこには不忍座には興味のない道行く人がただ行き交うだけであった。

「やはり、ご隠居様のところに行こ」

お香は、男たちの輪から抜け出し、歩みを北に取った。

下谷広小路は忍川《しのぶがわ》に架かる三橋《みはし》の手前、一町ほどのところに来たときであった。

お香は、目に幾分の眩しさを感じて横を向いた。すると目の先に、上野北大門町の路地を行く、金糸銀糸で織られた派手な衣装を着た侍のうしろ姿があった。

「やはり、あれもお旗本？　まったく派手な恰好だこと」

それ以上は気にもとめることなく、お香は再び歩きはじめた。


梅白たちの住む屋敷に着くと、お香は数奇屋門《すきやもん》の格子戸を開け、そっと身を滑り込ませるように邸内へと入る。

母屋の玄関戸の閂《かんぬき》はかけられてなく、すんなりと開いた。

「ごめんください……」

奥に向けて声をかけるも誰も出てこない。しかし、三和土《たたき》にある草履《ぞうり》や雪駄《せった》を見ると留守ではなさそうである。

梅白たちの、身の周りの世話をする下女は、昼餉の仕度に余念がないのであろう。勝手は屋敷の奥にあるので、声が届かない。下男の長助が出てきてもよいはずなのに、それもない。

「……聞こえないのかしら」

お香がもう一度声を飛ばそうとしたとき、遠くご隠居の部屋から微かに声が漏れてきた。笑い声もその中に混じる。

「ご隠居、それは百ぐそですぞ。香車《きょうしゃ》に戻っていただきませんと……」

虎八郎の声であった。玄関にいるお香には、その文言《もんごん》のすべてを聞き取ることができなかったが、言葉の中に『香車』とある。

「……将棋を指しているよう。励んでいるわね」

本将棋を指しているものと取って、お香は感心する思いにとらわれた。

ここは黙って行って、驚かせようとの魂胆に思いいたる。勝手知ったる家とばかり、お香は草履を脱いで、上り框《がまち》に片足を乗せた。

お香が来たとも知らず、梅白の部屋では竜之進と虎八郎、そしていつものように下男の長助を交えて、廻り将棋の盤を囲んでいた。

こんなところをお香に見られたら、どれほど詰《なじ》られるか分かったものではない。下《へ》手《た》をしたら、破門を言い渡されるかもしれないのだ。

「――今日は、お香が来る日ではないからのう。ゆっくりと勝負ができまするぞ」

梅白の言い出しっぺで、廻り将棋の一戦が繰り広げられているところであった。

「百ぐそとはしくじったであるな」

梅白が、桂馬《けいま》まで出世していた駒を一段下の香車に変えようとしたときであった。

「何をしくじったのでしょうか？」

問いを発しながら、お香は襖を開けた。

驚く四人の目が、一斉にお香に向く。みな、一様に口が開いているざまであった。

「お香……」

あんぐりと開いた口から、梅白の声が漏れた。

お香も、四人の男が囲む将棋盤を目にして、開いた口が塞《ふさ》がらない。

「……何をしているの？」

明らかに、本将棋とは違う駒の配置に目を疑っている。

盤の真ん中で、金将四枚がすべて裏返り無地を晒《さら》して重なっている。百ぐそといわれる出目であった。

「本将棋ではなかったんだ」

お香の悲しげな声であった。

あれほど教えても、上達しない理由《わけ》が明らかになった気のするお香であった。

「今まで、本将棋を指していてな……」

お香の顔をしかめた様子に、梅白が言いわけを繕《つくろ》う。しかし、言葉に説得力がない。

「いいのです。そのままつづけてやってください」

立ったまま、がっくりと肩を落としてお香は言った。

「どうする？　竜さん、虎さん」

「やめて、本将棋に……」

ばつの悪そうな声音で竜之進が言う。

「それがよろしいようで」

虎八郎も追従《ついしょう》する。

大声で詰《なじ》られるより、おとなしく出られるほうがかえって恐い。

途中でやめて治まらないのは、下男の長助であった。この勝負も有利な展開である。他の三人とはかなりの開きを見せ、すでに角行の成《なり》である『馬』にまで出世している。ここでやめたら、またも三朱の儲けが露と消える。

「そんなあ……」

長助は不満を垂らすも、使われの身であってはそれ以上のことは言えない。がっかりとした様子で、どうやらあきらめの境地となったようだ。

「いえ、いいのです。そのままおつづけください」

「そうですかあ、ならこのまま……」

喜んでいるのは長助一人である。

つづけろと言われても、お香の悲しげな目に梅白たちはとまどいをもった。

「やはり、やめよう」

言って梅白が将棋盤の上を片づけようと手を載せる。

「いえ、本当にいいのです。つづけていても……」

「えっ？」

どうやらお香は本気で言っているようだ。そこが梅白たちには不思議に思えている。

お香はこのとき思っていた。

――ご隠居様たちは、本将棋が楽しくないのかしら？

「……もしや」

四人で遊ぶ廻り将棋を目にして、お香に気づくことがあった。

玄関先にまで聞こえてきた、あの笑い声。そこにどうやら、お香は思いあたるふしを見つけたようだ。

――本将棋がつまらないのではない。教え方が楽しくないのだ。

将棋に関しては、いつも文句ばっかり垂れている。しかし、身分の隔たりを気にすることなく、梅白たちは、お香の小言を黙って受け入れている。

上達しないからといって、文句と小言ばかりでは、本当の将棋の楽しさは伝わらない。

　お香は、自分の教え方こそ未熟であると、このとき感じ取っていた。

　この気持ちは口に出さない限り、梅白たちには伝わらないであろう。しかし、指南役として口に出すのは甘く、はばかられることであった。

　その昔、師事していた伊藤現斎の言葉をお香は思い出した。

『厳《いかい》の中に柔《じゅう》を知れ』

　――厳《きび》しさの中にも、柔和な心がなければ人はついてこない。

「……たしかそのような意味だったかしら？」

　子供心でお香は現斎の言葉を聞いていた。そのときは、深い意味までは分からなかった。しかし、今このときその訓言を思い出したお香は、胸を打たれる思いにかられたのである。

　――楽しく教えるには、こちらも楽しくならなくては……。

　このときお香は、ふと肩の力が抜けるような感じがしていた。

三

梅白たちの気まずい思いを解かなくてはならない。

お香はここで、一計をめぐらせた。

「あたしも交《ま》ぜて」

「ん？　お香、今なんて言った」

梅白の訝《いぶか》しそうな目がお香に向いた。

「あたしも廻り将棋に加えてくださいと言ったのです」

梅白たちにとっては、到底信じられない言葉であった。

将棋の駒と盤を、本将棋以外には使うなと固く禁じられているからだ。その教えが、いとも簡単に覆されるとは思ってもいなかった。もう、お香から将棋の教えを受けることはなかろうと、なかば覚悟を決めていたところである。

「本当か？」

「はい。何をしていても咎《とが》めはしません。その代わり約束をして欲しいのです。本将棋もまともにやると」

「うん、もちろんだとも。竜さんも虎さんも聞いたであろう？」

「はい。これからは本将棋も性根を据《す》えて……」

「虎さん、そこまで気張ることはないです。本将棋も楽しく指してという意味で言ったのですから」

「なるほどな」

お香の言っている意味を、梅白は得心《とくしん》できた。

「そうなると、五人ではできぬな」

廻り将棋は、四隅からの出発である。ゆえに、定員は四人以内でなければならない。

そこを憂《うれ》いて梅白は言った。

「でしたらこの勝負はここで打ち切り……」

「虎八郎様、それはないでしょうに」

勝ちの見えている長助からもの言いが入る。

「三朱は……」

「しーっ」

賭けでの儲けとなる三朱はどうなるのでと、長助が訊《き》こうとするのを梅白が慌てて止めた。

「さんしゅって、いったいなんのことです？」

しかし、お香の耳には届いている。

本将棋以外での、将棋の遊びは許されたが、博奕《ばくち》までは容認されないであろう。

「いや、さんしゅでなくて、三周って言ったのだよな？　長助」

ここまで言われれば、長助も梅白の意図に気づく。

「へえ、あと三周であたしが勝つと言ったまでで……」

「嘘おっしゃい、長助さん。みなさんで一朱ずつ出し合い、総取りの賭けをしていたのでしょ。大の男が、こんな子供の遊びで一喜一憂できるのは、それ以外にありませんでしょうに」

そのぐらいのことは、お香にもお見通しである。そんなお香ですら、今や『真剣《しんけん》師《し》』として、将棋を賭けの対象としている。

お香は、将棋を指南する傍《かたわ》ら、強い将棋指しを求めては賭けの勝負を挑む真剣師であった。一局の勝負に張られる額は、最低でも一分で、その上は限りがない。

先だっては、大名同士の賭け将棋の代打ちで、一万石の領地を賭けたことがある。

これは、お香が指した一番大きな博奕のやり取りであった。

「まあ、一朱とはみみっちい賭けですこと」

おほほと笑って、お香は口を袂《たもと》で隠す。

「おい、一朱というのはだな……」

竜之進が、一朱の価値を説く。

一朱は一両の十六分の一である。若い大工職人の日当がそのくらいであろうか。職人が、汗水垂らして一日中働いた代償を、お香はみみっちいと言って笑った。そこを竜之進は咎めたのである。

「そうなのだぞお香。一朱を稼ぎ出すというのは容易なことではないのだ」

ここは道理を説かねばと、梅白も口に出す。だが、自分では働いて日当を稼ぎ出したことは、梅白にとっては生まれてこのかた一文すらない。

「それはふつつかなことを言いました。申しわけございません」

梅白の説教には迫力がなかったが、お香は深く頭をさげて詫びを言った。

「たしかに一朱すら稼げない人は世の中に沢山おりますし、いろいろなものが買える額です。ですが、ご隠居様からすれば働かなくても手に入るお銭でございましょう。そういうものを賭けても手慰みにもならないのでは……。ときに命のやり取りをするほど、恐いことに遭遇してこそ初めて博奕といえるのです」

お香のほうが、修羅場を幾度も潜り抜けてきている。逆に、祖父ほどの齢《とし》の梅白に説法を垂れる形となった。

「どうせ賭け事をやるなら、命のやり取りとは言いませんが、身ぐるみを剝《は》がされるぐらいの勝負をしたらどうですか？」

お香に言われ、急に梅白たちの気持ちが引けた。本家からの送金で、梅白の暮らしは安定している。一朱の金など、捨てても惜しくないほどの額であった。

「おそらく、廻り将棋は長助さんが一番強いのでは？」

「よく分かるな」

娘に説教を垂れられ、面白くなさそうな表情で梅白は言った。

「それは分かりますとも。何せ長助さんは生活がかかっているでしょうから。ご隠居様がいかほど給金を差し上げているか知りませんが、おそらくたいした額ではございませんでしょう？」

「そんなことはあるか。下男にしては破格の額だぞ」

「ならば、月に二両……」

月に二両といえば大工職人でも、相当な稼ぎ手の額である。

「そんなにはないな」

「そしたら、一両？」

一両といえば、子供二人かかえた町人一家が、楽とはいわずも並の暮らしができる額である。

「一両は多いだろう」

「禅問答ではないのです。いったい幾ら……？」

「へえ、二分ほどいただいております」

答を出したのは、長助本人であった。住み込みでもあるし、一両の半分とはいえたしかに二分は多いほうである。だが、一朱はその八分の一にあたる。同じ一朱でも、梅白たちとは価値観に大きな隔たりがあった。

「長助さんが、一所懸命になるのはあたり前なことです」

ただ漠然と、小博奕にうつつを抜かしていた梅白にとって、お香の説法は頭から冷《れい》水《すい》を浴びせられたほど辛辣なものとなって聞こえていた。

「うーむ、一言《ひとこと》も返せぬな」

十八の小娘の言葉に、癪《しゃく》ではあるが認めざるをえない。

だが、お香はここではたと考えた。

――もしかしたら、長助さんに悪いことをしてしまったかしら……。

下手をしたら、長助の儲け口を奪うことになりかねない。梅白や竜之進、虎八郎にとってどうでもよいほどの金を、長助は吸い取っていたのである。

「まあ、余計な口出しをいたしました。ご隠居様に向かって、ご無礼を……」

長助のためにそれ以上の口出しはやめようと、謝るところは素直に謝り博奕の話に一区切り打った。

「勝負は途中みたいですから、どうぞおつづけください」

そうかと言って、四人の目は再び盤上に向いた。

「虎さんの番ですぞ……」

左様ですかと言って、虎八郎が金将四枚の振り駒をする。すると、一枚が盤上からこぼれ落ちた。

「これはしょんべんですな」

駒が一枚でも盤から落ちれば、それは小便といって出目が無効となる。お香はそんな取り決めの言葉を、不快な心持ちで聞いていた。

それから間もなくして、長助の王様が盤を一周して勝負がついた。

「それでは、一朱ずつ……」

それぞれの財布から出た都合三朱を掻き集め、長助は懐《ふところ》にしまう。この日は二勝負に勝ち六朱……四朱で一分だから、一分二朱を稼いだことになる。あと二朱を足せば二分となり、ひと月の給金と同じになる額であった。

「それでは、あたしはこれで……」

ごめんなさいと言って、長助はほくそ笑みながら梅白の部屋を出ていく。これは長助にとっては大勝負なのである。意気込みが違えば、勝負の行方はおのずと分かろうものだ。

「どうだ、お香。そうしたら、加わるか？」

「いいえ、もうやる気がなくなりました。でも、ご隠居様たちがやるのでしたら、あたしは止めはいたしませんので、お好きなだけどうぞ。ええ、これからも長助さんにとっては、一朱ほどの賭金がちょうどよろしいようで……差し出がましいことを申しましてすみませんでした」

「そうか、ならば今日はこのへんにしとこうではないか。のう、竜さんに虎さん」

かしこまりましたと言って、竜之進が盤上に散らばった駒を集め袋の中に納めた。

「ところでお香……」

廻り将棋に興《こう》を嵩じていたときの表情と、梅白の顔つきが変わっている。

「はい……」

「何かあったのか？」

将棋指南の日ではないというのに、遠いところを歩いてきたお香を梅白は怪訝《けげん》に思

い表情を変えた。

「いつもならば『──遠いなあ』と、一言文句を垂れるのにのう」

閑《ひま》で行くあてもなかったとは、お香も言いづらい。

「実は、大和屋さんのご様子が……」

お香は言いわけが見つからず、咄嗟《とっさ》に大和屋を引き合いに出した。

様子が変だったのには違いない。だが、他人の家の変事である。余計なお世話と思いつつも、ここに来た言い繕いとしてお香は語ることにした。

「この日は、大和屋さんの旦那様に将棋の指南を……」

「行きたくはなかったであろう？」

竜之進が、大和屋とお香の、今までの経緯に触れ口を出した。

「いえ、今ではもうなんとも思ってません。逆に、あたしをつけ回す男が誰だか知ろうと思って行ったのですが……大和屋さんが変なのです」

お香は、わざと大仰《おおぎょう》な言い方をした。

「変だと申すと……前から変ではなかったのか？」

茶化すように、虎八郎が口を挟《はさ》んだ。

「それが、前とは別の変でして」

「別の変とは？」

お香も単なる言い繕《つくろ》いなので、言葉につまる。お房の言ったことをそのまま言っても、たいした変事には取らぬであろう。そんなことを告げるためにここまで来たのかと、蔑《さげす》まれるのが落ちだと考えた。

だが、大げさに語るのも話を作るようではばかられる。とりあえずお房とのやり取りを、お香はそのまま語った。

「なんだ、たいした変事ではないではないか。急に都合が悪くなることぐらい、誰だってあるだろうに」

取るに足りないことだと、梅白は一蹴した。

そうですよねえと、お香が返したならば話はここまでであった。

「ですが……」

と、お香が言ったことで、話がつづく。

四

お香にとって、一つだけ気にかかったところが脳裏にぶり返した。

『――当分の間来なくてよろしい』

この言葉が気にかかる。お香は、下谷広小路を歩きながら思い抱いていたことを梅白たちに語った。ただし、息子の貫太郎のことは伏せて言った。梅白がどう取るかを、試してみたい思いからであった。

「うーむ。身内の不幸や、商いでのしくじりではなさそうか。旦那さんの病《やまい》でもないとすると……」

――やはり倅《せがれ》の貫太郎のことか。

梅白も、お香と同じところに考えがいたったようだ。

「ご隠居……」

「なんだ、竜さん」

思考を遮《さえぎ》られ、梅白の眉間に一本縦皺《たてじわ》ができた。

「申しわけございません。お考えを遮ってしまったようで」

「いや、かまわぬ。それで、どうした？」

「お香の話の中に、大和屋さんは取り込みの最中にあるとございませんでしたか？」

「その取り込みってのが、倅のことかどうかは分からぬが、それがなんであろうが他人が首をつっ込むのは、余計なお世話というものであろう」

梅白も、お香と同じ考えにいたり、大和屋のことは頭の中から除いた。

他人にとってはどうでもいいような大和屋の変事を語ったのは、お香がここに来た言い繕いにすぎなかったと、梅白は取っていた。

「まあ、他人《ひと》の家《うち》のことはどうでもよいではないか」

言うと梅白は、気持ちを不忍組娘十八人衆へと切り換えた。

「そんなことより、ほれ……」

「娘十八人衆ですか？」

梅白の顔つきを見て、虎八郎が言った。

「まったく、好きね」

呆れた表情でお香が言うが、虎八郎は動じない。

「ならばご隠居、日和《ひより》がよろしいようですから、これからまいりませんか。お昼も外でということで」

虎八郎の提言であった。

「そうだな……」

浮かれた調子の梅白の声音であった。

「ご隠居様。不忍座にはもう、なかなか入れませんことよ」

にわかにそわそわとし出した梅白の、気勢を削《そ》ぐかのようにお香は言った。

「どうしてだ？」

お香は、先刻見た不忍座での光景をそのまま語った。

「そうか、人があふれ出していたか。ならば、行っても仕方ないな」

梅白が、さも残念そうに言う。

「それにしても……退屈で……退屈で、ふぁー」

梅白の口が、欠伸《あくび》で大きく開いた。

「でしたらご隠居……」

「ふぁー、どうした竜さん？」

欠伸をしながら、梅白は訊き返す。

「余計なお世話と思いますが、どうも大和屋の取り込みが気になりまして。どうせ退屈でしたら……」

他人の家の変事で、閑を潰そうかとの思いが伝わる、竜之進の提案であった。

「うん、そうであるのう。探ってみるとするか」

閑をもてあます梅白の、ためらいのない返事であった。

「それはよろしいお考えで」

虎八郎も、竜之進の案に同意を示す。

「本当は、あたしもこのままではと思っていたの」

お香も上半身を乗り出して言った。

四人の好奇心が、鎌首をもち上げる。

「そうだ、お香への変な視線もあったしな」

「それも誰だか、知りたいと思いますし……」

そしてお香は、この日も不忍座の前で不快な視線を感じたことを語った。

「またそんなことがあったか。ならばそれもこれも、一緒くたにして探ってみようぞ」

梅白が、物見遊山のつもりで本気になった。

「そうしましょう、そうしましょう」

と、四人の声がそろう。

まるで水を得た魚のように活気が甦《よみがえ》る、梅白と竜之進、虎八郎の主従であった。

昼めしは外で食すと下男の長助に言い残し、四人が団子坂の寮を出たのは正午少し前のことであった。

「やはり、入れぬであろうのう」

不忍座の前まで来て、梅白の口が残念そうに開いた。

午前の部がまだ上演中である。午後の部を待つ客が、不忍座の小屋を二重三重と取り巻いている。ぎゅうぎゅうに押し込んでも、せいぜい入れる客数は三百人程度である。今並んでいる数の、五分の一にも満たぬであろう。五分の四はあぶれることになるが、それでもまだ行列のうしろにつく者がいる。

「それにしても、たった数日ですごい人気になったものだ」

数日前、虎八郎と入れたのが嘘のような不忍座の盛況ぶりであった。

「あのとき観ておいてよかったなあ、虎さん」

「まったくで、ご隠居」

残念に思って聞いていたお香と竜之進は、二人の会話にそっぽを向いた。

その、そっぽを向いた先にあるものを見て、お香は目を止めた。

「竜さん、あれ……」

　お香が、竜之進に話しかける。

「あっ、あれは」

　お香と竜之進が、同じ方向に目をやって一点を凝視する姿が梅白の目に止まった。

「どうした、二人とも？」

「あっ、ご隠居」

　梅白に声をかけられ、竜之進が振り向く。そして、人差し指を前方に向けて言った。

「あそこに、派手な着物を着た武士がいるのが分かりますか？」

「どれ……あっ、おるな。あれは行列の前のほうだぞ」

「あそこなら、順にでも中に入れるでしょうな」

　梅白も虎八郎も、龍の絵が織られた派手な着物を着飾った武士の存在に気づいたようだ。

「あのお方です。前に言いました、派手な姿の旗本って」

「たしか、大和屋の前で見かけたと言っておったな」

「はい、ご主人の七郎二郎左衛門さんに見送られたとき『――退屈しておるからな』とかなんとか言ってました」

「あの、旗本の退屈なる男か。へえ、あれも好き者《もん》であるのう」

人を蔑むような、梅白のもの言いであった。

「ご隠居も、他人のことは……」

言えないのではないかと、竜之進が茶化す。

「それもそうか」

と梅白は受け止め、高笑いを発して大物ぶりを示した。

「萬石屋さんで簪《かんざし》を求めたのは、十八人衆の誰かに貢ぐものではないかしら？」

「そうだとしたら、ずいぶんと達者なお方であるのう。男というのは、いつまでも気持ちを若くもっておらねばならん」

梅白が、感心する心持ちで言った。

「左様でありますねえ」

と、虎八郎が追従する。

「あれ？　あの旗本、一人だけどんどん前に進んでおりますぞ」

目を離さずに旗本を見やっていた竜之進が、小首を傾《かし》げて言った。

「おや、本当。人を押しのけるように……」

お香も気づいたようである。

「あれは、旗本の特権を振りかざしておるのだろうな。不合理だろうが、仕方あらんことよ」

自分も身分を明かせれば、いつでも先頭で入ることができると梅白は思っている。だが、そこまでして観ようとは考えもおよぶところではなかった。


やがて芝居が跳ねたか、不忍座の中からぞろぞろと午前の部の客が出てきた。一様に顔が上気し、興奮が冷めやらぬ様子が見て取れる。

「それにしても、あの夏生ちゃんはいいよなあ」

「あの、むっちりした……ああ、堪《たま》らねえ」

虚ろな目をして、舞台の上の夏生を思い浮かべているのであろう。

「弥生は俺に向いて、手を振ってくれたんだぜ」

遊び人風の、若い男たちの話し声が耳に入るが、お香はその脇を、不快そうに顔を歪めながら通り過ぎた。

「……まったく、男ってのは」

お香の憤《いきどお》りが呟《つぶや》く声となって口から漏れる。

「男がどうした？」

それが梅白の耳に届いて、問いが発せらた。

「まったくお馬鹿だと思いまして」

年寄りなのによく聞こえる耳だと、お香は思った。

「お馬鹿とは聞き捨てならんな」

「どうして、あんな小娘たちに夢中になるのかと。まったく……」

「お香だって、まだ十八ではないか」

虎八郎が、脇から口を挟んだ。

「男からきゃあきゃあ言われてるんで、お香も焼もちを妬《や》いておるんじゃろう」

梅白の戯言《ざれごと》に取り合わず、お香はすたすたと先に歩いていく。

娘十八人衆のことはこれまでとして、四人の頭の中は大和屋のことへと切り替わった。

「さて、どこかで昼餉《ひるげ》を食しながら、手立てを考えるとするか」

梅白は今後のことに話を向けた。

「やはり、広小路に来れば梅茶漬けってことになるのでしょうな」

竜之進が提案を出す。

「茶漬けでは、腹もちがよくないだろう。若い者にとっては」

「ですから、大盛りでいただきとう……」

どうしても竜之進は茶漬けを食したいようだ。ほかの三人も、取り立てて嫌いなわけではない。いつものお梅茶屋にしようと、足を向けた。

お梅茶屋で昼餉を摂《と》ってよかったと、実感できるのはそれから四半刻後のことである。

入れ込み座敷に案内されて、四人は卓を挟んだ。

竜之進と虎八郎は大盛りを、梅白とお香は並み盛りを食し終え昼餉が済んだ。

「さあ、行きましょうか」

と、梅白が言って腰を浮かしかけたところで、衝立《ついたて》の向こう側から若い男の話し声が聞こえてきた。

話の中に、大和屋とあって四人は浮かしかけた腰を元へと戻した。

小声で話すので、聞き取るのが難しい。耳のよい竜之進が衝立に耳をあて、隣に座る男たちの声を拾った。

盗み聴きはよくないと分かっていても、ここは探りの絶好の機会と取って割り切ることにした。

食し終えた器を片づけようと、仲居が近づいてくる。

言って虎八郎が、衝立に耳をあてる竜之進の背中を指で叩いた。そして、食後の歓談を四人は装う。

「竜さん……」

「食事はお済みで？」

「おいしくいただきました」

梅白が如才のない返事をする。

「ほかにご注文は？」

「そうだな、茶を所望しようか」

「梅汁の寒天がございますが、食後のお口直しにいかがでしょう？」

茶では売り上げに貢献しないと、仲居は食後の一品を勧める。

「口直しなどせんでも茶漬けは美味だが、そうだな、それも旨そうなので所望しようか。ならば、四つ」

梅白は、もう少し居座りたい気持ちもあり、仲居の勧めを受けることにした。

五

仲居が去ると同時に、竜之進の耳が衝立に触れる。すると、すぐに竜之進は体を戻した。

「もう、話が別のところに行ってます」

これ以上聞き耳を立てても仕方がないと、竜之進の体は前屈《まえかが》みとなった。卓の上に、頭をせり出す。

三人も倣《なら》って、上半身を前にせり出すとひそひそ話の姿勢となった。

「何を話してましたか、お隣《となり》は？」

「それがですね、ご隠居」

「それが、なんて聞こえたのだ、竜さん」

「はい。大和芋《いも》がどうのこうのと……」

「大和屋ではなくて、大和芋のことを言ってたのか？」

「ええ、おそらく」

首を傾げながら言う竜之進がどうも頼りない。

「だが、さっき大和屋と聞こえたぞ。なあ、お香にも聞こえたであろう？」

「はい。ですが……」

竜之進の話を聞いて、お香は自信がもてなくなった。返す言葉も濁っている。

「ならば、虎さんはなんと聞いた？」

「ええ、はあ……」

虎八郎も、いざのときは頼りない。

「まったく、どいつもこいつも……」

仕方のない奴らだと、梅白が三人を詰《なじ》ろうとしたところで隣の衝立から、聞き耳を立てるまでもなくひと言大きな声が上がった。

「かどわかし！」

「おい、声が大きいぞ」

すまぬとまで聞こえ、その後の言葉は衝立を通しては聞こえてこない。

「今、たしかに拐《かどわ》かしと聞こえたな」

梅白も、衝立の向こう側に聞こえぬよう小声となる。

「はい、たしかに」

竜之進が言って、お香と虎八郎が同調してうなずく。

「拐かしとは、穏やかでないな。竜さん……」

言って梅白は、白鬚《しろひげ》の顎《あご》を衝立に向けた。聞き耳を立てろとの合図であった。

竜之進だけでは心もとないと、虎八郎も一緒になって衝立に耳をくっつける。

「えっ」

と、竜之進と虎八郎が、同時に驚く顔を見合わせる。二人の様子を見ても、何があったと声を出して訊くわけにはいかない。

梅白とお香は、焦《じ》れる思いで口をへの字にして待った。

「あっ、いけない」

梅汁寒天を配膳しようと仲居が近づいてくる。お香は咄嗟に二人の背中を叩いた。

「おまちどうさまでした」

仲居の声と、竜之進と虎八郎の体が向き直るのとが同時であった。

凝固した薄紅色の寒天の中に、鮮やかな紅色をした小梅が一粒入っている。

「美味《おい》しいですよう」

梅汁寒天の小鉢と、竹べらを配膳しながら仲居は言った。配膳したあと、お盆を胸にあてててつっ立っている。にっこり笑って、早く一口食せ《せ》と急かしているかのように思える。

――どう、美味しいでしょう？

どうやら仲居は、一口食べたあとの、客の顔色を見たいらしい。

このおかげで、竜之進と虎八郎は肝心なところを聞き逃してしまった。

「寒天は美味ですが、どうも……」

仲居が邪魔であったと、虎八郎が首を振った。

衝立の向こう側の話を聞こうと、耳を寄せたが話し声は聞こえてこない。

「いかん」

ひと言放つと虎八郎は土間に下り、衝立の向こう側の座敷に回ったが、二人分の器が卓の上に置かれているだけで人の姿はなくなっていた。

店の玄関先に目をやると、町人風の若い男が二人出ていくうしろ姿が見えた。

「おい仲居さん。今しがた座敷にいたのはあの二人かい？」

虎八郎は、近くにいた仲居に訊いた。

「ええそうですが、何か？」

虎八郎は、仲居の問いには答えず、男たちのあとを追った。その様《さま》に、仲居が驚いた顔を向けている。さもありなん、虎八郎の足元は裸足《はだし》であった。

玄関の、小粋な意匠の格子戸をあけ虎八郎は表に出たが、すでに男たちの姿は下谷広小路の雑踏に紛れていた。

仕方ないかと虎八郎は追うのをあきらめ、三人のいる座敷へと戻ることにした。

「どうだった？　虎さん」

梅白にも、虎八郎の取った行動は分かっている。

「いや、残念ながら見失いました」

「そうか。今、竜さんから聞いたが、やはりあの者たちの話は大和屋のことらしいな」

「はい。どうやらあの者たち、大和屋の倅を見下《みくだ》して大和屋の芋息子。すなわち『大和芋』とあだ名をつけていたらしいです」

先に竜之進の耳に聞こえた大和芋は、大和屋の一人息子である貫太郎のことを指していたのであった。

「それで……？」

どうしたと、梅白は顔を紅潮させて話を先に促す。

「その、大和芋と拐かしがどうとかこうとかと……」

「関わりがあるのではないかと、竜さんに聞いて驚いていたところだ」

「ご隠居様……」

「なんだ、お香？」

「今朝方あたしが行ったときには、大和屋さんの旦那様はそのことで頭を抱えていたのですね。もしかしたら、貫太郎さんが拐かしに遭ったのでは？」

「お香もそう思うか」

梅白の勘もお香と同じところにあった。となれば、変事どころでなく大事である。

「いやあ、しくじったな」

二人の男を見失ったことでの、虎八郎の悔やむ声であった。

「まあ、仕方があらんさ」

竜之進が、虎八郎を宥《なだ》めた。

お香は二人のやり取りには耳を貸さず腕を組むと、将棋の一手を読み耽るように考慮の姿勢となった。

「……分からない」

「分からないとは何がだ？　お香」

首を振りながらお香の呟く声は、指し手に窮《きゅう》したときのぼやきにも聞こえる。だが、今は将棋を指している悠長なときではない。人ひとりが拐かしに遭ったのである。梅白は、思考に耽るお香に呼びかけるようにして訊いた。

「はい、ご隠居様。もし貫太郎さんが拐かしに遭ったとしたら、大和屋さんの中ではもっと騒ぎになっていてもおかしくないと思うのですが」

「なるほど。だがなお香……」

将棋は強くても、ここはまだ世間知らずの、十八の娘だと梅白は思った。

「拐かしの下手人はな『――騒ぐと子供の命はないと思え』と言ってくるのが常套《じょうとう》手段だ。もしかしたらそんなことで、大和屋のご主人は奉公人にすら黙っているのだろうよ。だが、側《そば》で主人の世話をする……なんていったっけ？」

「お房さんですか」

「そう、そのお房という娘だけはそのことを知っておるのだろう。そこで竜さん虎さん、あやつらはそのあと何を話していた？」

「ところどころですが……」

虎八郎の、自信なさげな口調であった。

「その、ところどころというのを、聞かせてくれぬか竜さんよ」

虎八郎が、二人の男を裸足にても追いかけていったところは機敏にも思えるのだが、どうも肝心なところで凡庸《ぼんよう》としている。半ば、自棄《やけ》気味の口調の梅白であった。

「はい、ご隠居。あの者たちが言ってましたのは『次は……』とか聞こえたよな、虎さん」

「うん。次はのあとは、かなり小声になりまして……」

「聞こえませんでした」

と、竜之進と虎八郎は交互に言う。

「次は……とは、どんな意味なのだろうか？」

「ご隠居様。それは、こんなことかと」

お香がすかさず口を出した。

「次の一手はどうしようかとの意味では……」

お香は将棋指しらしい意見を言った。

「まあ、そうであろうな。さすがお香、相手の手の内がよく読める」

「まったく道理で……」

竜之進、虎八郎もお香の慧眼《けいがん》に伏すものの、その読みが狂っていたことに気づかされるのは、ずっと先のことになる。

「ほかに、何か聞こえたことはなかったか？」

「そうだ。『――三人で千五百』とか言ってなかったかな、虎さん」

「そんなことも言っておったな。その前後は聞きそびれ……ご隠居、本当に小さな声だったものですから」

虎八郎は、言いわけを添えて語る。

「そこで、お香に背中を叩かれまして」

と、虎八郎が語り終える。

「仲居が来なければ……」

悔しさを滲《にじ》ませ、竜之進が言った。

「気づくとすでに二人は……」

虎八郎があとを追ったまでの流れは、梅白もお香も分かっている。

「三人で千五百……とはなんであろうな？」

竜之進と虎八郎の言いわけには耳を貸さず、梅白は千五百の意味を考えていた。

「それは考えるまでもなく、身代金《みのしろきん》のことですわ。ですから下手人は三人。一人頭五百両の分け前ということでしょう」

お香がすかさず、梅白の問いに答えた。

「さもあろうな。おい、そこの二人。梅汁寒天など食ってないで、少しはお香の爪の垢《あか》でも煎《せん》じて呑め」

梅白から辛辣に叱責され、竜虎の肩はがっくりと落ちた。

六

四人が、卓の上で頭を寄せ合って語り合い、そこでなんとなくであるが知れたのは要約すると次のことである。

一・大和屋の一人息子である貫太郎が拐かしに遭った。

一・貫太郎は『大和芋』とのあだ名である。

一・下手人以外に、この事件を知っているのは七郎二郎左衛門とお房だけ。それと、おぼろげながら今ここにいる四人。

一・下手人は三人か。身代金は千五百両。

すべてはまだ勘の範ちゅうだが、今のところ思い浮かぶのはこの四項目だけである。それに、もう一つ加えるとすれば、衝立の向こう側にいた怪しい若い二人組である。

「おい、仲居さん……」

竜之進が名誉挽回とばかりに、入れ込み座敷から身を乗り出した。

「はい、なんでございましょう？」

最前、梅汁寒天を運んできた仲居であった。

「梅汁寒天の、おかわりですか？」

仲居の返事に気勢を削《そ》がれるも、ここで竜之進は気丈になって訊いた。

「いや、そうではない。先ほど、この衝立の向こう側にいた男二人は、どこの者だか知っておるか？」

竜之進の身形《みなり》は商人の手代風だが、語る言葉は居丈高で侍の言葉そのものであった。

——そんな話し方では……。

駄目だと、梅白は小さく首を振るが、生憎《あいにく》と竜之進の目は仲居に向いている。

「お客様方は、このごろよくお見えになるけどどちら様で……？」

仲居が訝しがるのも無理はない。首を傾げて、仲居は訊いた。

「いや、怪しい者ではござらぬ」

竜之進は、手を振って仲居の疑心を解くことにつとめる。

「あっ、もしや……」

仲居は目を瞠《みは》って、顔が梅白のほうに向いた。

「まさか、水戸の黄門様……すると、この二人は助さんに格さん。そして、この娘さんは忍びの？　いえ、あの人はこんなに若くはないし……いや違う、あれはずっと昔のこと。でも、今ここにいるのは……」

水戸黄門の漫遊記を絵草子《えぞうし》か滑稽本《こっけいぼん》で読んだのであろう。ぶつぶつと仲居の呟く声が聞こえる。

「いや、わしは黄門様ではない。まあ、多少縁があるには……いや、そうではない。手前は単なる納豆《なっとう》問屋の隠居じゃよ。それで、この二人は手代なのだが、商いではあまり役に立たんでな、わしのつき人にしておるのじゃ」

役に立たんと言われ、瞬間二人の眉根はつり上がったが、一理もあるとの思いに、その表情をすぐに消した。

「それとこの娘は忍びの者ではない。こう見えても娘将棋指しでな、わしの指南役であるのだ」

「左様でしたか」

齢恰好からして、四人は見るからに善人そうである。水戸黄門と、その手合いたちを彷彿する見栄えに、仲居の疑心は解けたようだ。

「それで、今の二人は？」

梅白の口からすかさず問いが発せられた。

「はい。きょう初めて来た方たちですので、ぞんじあげません」

期待したものの、仲居のいとも簡単な答が返り、四人の上半身はガクリと音を立てて、卓の上へと崩れ落ちた。

仲居がその場から去ったあと、四人はゆっくりと上半身を起こした。

「まあ、そんな簡単にいけば、世の中に苦労する者など誰もおらん」

衝立越しの二人の素性が知れたとしたら、すでに事件は半分解決である。そこまでとんとん拍子に行ったら、これは奇跡だと梅白は説いた。

「まったく同感でございますな」

竜之進が、鹿爪《しかつめ》らしいもの言いで同調した。

「ご隠居様……」

お香の、気概《きがい》のこもる目が梅白に向いた。

「なんだ、お香？」

「大和屋さんを、助《す》けてあげましょうよ」

将棋の指南役として、弟子の窮地を救ってやりたい。ここで七郎二郎左衛門の役に立てればと、お香は意を強くする思いで言った。

「もとよりそのつもりじゃよ、お香」

梅白の、優しい目がお香に向く。

「ありがとうございます」

お香の殊勝な返事があった。

「そうなると、今後のことだが……」

梅白が意気を示し、四人は面妖《めんよう》な事件に足をつっ込むことになる。


そうとなると、これからの手立てを考えなくてはならない。

ほかの場所に移動して話し合うのも面倒である。しばらくはお梅茶屋の座敷を借りようと、四人は甘い梅汁寒天をおかわりすることになった。

虎八郎が声をかけると、件《くだん》の仲居が揉み手をしてやってきた。注文を聞き、にっこりと微笑む。

「お客さんがたも、好きですねえ」

「いや、もう少しの間ここを借りたいと思ってな」

梅汁寒天を好きだと囃《はや》された虎八郎は、注文するわけを言った。

「お客様も少なくなってきましたし、どうぞごゆっくりしてらしてけっこうでございます」

「そうだったか……」

あとしばらくは、ここでもって語り合うことができる。

「いや、寒天を食すなど、そんな悠長なことはしておられませんぞ。ことは急がねばなりません」

梅汁寒天の注文を出したあとで、梅白の気持ちは変わっていた。ゆっくりとこれからの手立てを考えていこうとしたが、座卓を囲んでいても先に進む話ではないと、動くことを先にした。

「とりあえず、大和屋さんの様子がどうなっているか見てきましょう」

「ご隠居様……」

すると、すかさずお香から意見が述べられる。

「なんだね、お香？」

「大和屋さんの母屋《おもや》は広いですから、外から見ただけでは何が起きてるかは……」

「いや、お香」

分からないだろう言おうとしたところで、梅白から言葉を遮られた。

「それはそうだ。ここに忍びの者でもおれば、天井裏に隠れてでも探れるだろうが、そこまでしなくてもよかろう。外から一刻も玄関先を見ていれば、おおよそのことはつかめようぞ」

「と言いますと？」

「もし、貫太郎が拐かしに遭っていたとすれば、どちらにせよなんらかの動きがあるはずだ」

「どちらにせよとは……？」

梅白とお香の会話を、竜之進と虎八郎は黙って聞いている。

「大勢が出入りしているとすれば、それは役人の手が入っているということだろう。そうなれば、わしらの出る番はなくなる。余計なことをするなと、咎めを受けよう。しかし、その逆ならば……そうだ、お香」

「はい……」

「主の七郎左衛門さん……」

梅白は、二郎を抜かして言った。

「七郎二郎左衛門さんです」

「その、主の交友というのはけっこう盛んなのか？」

「いえ、そうでもないようです。お店は番頭さんに任せきりで、奥様を二年前に亡《な》くしてからあまり外にも出ませんようでして。ご近所ではおつき合いする人も少なく、これではいけないと最近になって将棋を覚えたのです」

「ならば、将棋仇《がたき》が出入りするであろう？」

「いいえ。今はまだ覚えたてで……そう、まだ竜さん虎さんほどの実力です」

「それだと、相当な初心者であるな」

「はい。今のところ将棋の相手はあたしだけでして。あたしが訪れたときには、来客などほとんどなく……」

「先日は、あの派手な形《なり》の旗本が来ていたと言ってたが？」

竜之進が、お香の話を遮って口にする。

「あの旗本が、初めて見るお客……」

三日ほど前のこと、門を出たところで七郎二郎左衛門と話をしていた旗本がいた。お香が、七郎二郎左衛門あてに訪れた客を見たのは、その旗本が初めてであった。

「そんなに、主あてに訪れる客は少ないのか？」

「多分。お店のほうは多いのでしょうが……」

「それほど少ないとなれば、なるほどな」

梅白は腕を組みながら、何かを得心したのか大きなうなずきを見せた。

「なるほどとは？」

「少しは自分で考えてみなされ、竜さん」

言われて腕を組むも、梅白の考えまでにはいたらない。竜之進が首を傾げるのを横目で見ながら、梅白は自らの考えを口にする。

「一刻も見張っていて、客がほとんどいないようだったら、まだ奉行所への届けはしてないということだ。まだ、七郎二郎左衛門さんとお房という娘の中だけに、しまわれておると思われる。どうしようかと、今ごろは気を揉んでおられることでしょうな」

実際に起きているかどうかも分からないのに、お気の毒にと言葉を発し、梅白の顔が歪んだ。

「なるほど、手前もそう思ってました」

虎八郎が追従するも、梅白は目もくれない。

「四人で出向くと目だつ。竜さんと虎さんで、大和屋さんの様子を見てきてはくれぬか」

「ご隠居とお香は……？」

「ここで、梅汁寒天を食しながら待つことにする。わしらが動くのは、二人の報せを受けてからだ。そうだ、奉行所に報せたとあらば、役人が扮装して店のほうから出入すると思われる。どちらかは、店のほうを見てきなさい」

と、梅白は細かく指示を出す。

「かしこまりました」

二人の返事がそろって、土間へと下りた。

「一刻も見張ることはあるまい。半刻ほど様子を見てから戻ってきなさい」

二人の背中に、梅白が指示を添えた。

七

大和屋への道は竜之進が知っている。

「あそこが大和屋の店先だ」

店頭には大八車が多数横づけされ、袖《そで》なしの仕事着を着た荷役たちが忙しそうに立ち回っている。

前掛けをし、大和屋の半纏《はんてん》を着込んだ手代風の男が、人夫の一人に指示を出している光景が竜之進と虎八郎の目に入った。

「日本橋の越後屋《えちごや》さんへ急いでください」

声も聞こえてくる。

そんな光景を見る限り、奥で起きていることは店先には伝わっていないようだ。

「どうやら、店のほうは……」

虎八郎が、竜之進の袖を引いて言う。

「いや、知らぬ振りを装えと言われていることも考えられる。虎さんは、店のほうを見ていてくれないか」

「分かった」

虎八郎は店側に残り、竜之進は屋敷を囲う塀沿いを半周して母屋の門へと回った。

そして四半刻ほどが経ったところで、店先に小さな変化があった。

「なんだ？　小僧……」

五間ほど離れた虎八郎の耳に、先ほど荷役に指示を出していた手代の声が聞こえてきた。

「おじちゃん、これ……」

十歳ほどの子供が、手代に何かを渡している。虎八郎の目には、それが書状と見て取れた。

書状には宛名が記されている。

「旦那様にか……。おい坊主、誰に頼まれた？」

「知らないおにいちゃん」

言って小僧は振り向くと、あたりをきょろきょろと見渡した。小僧の目が一瞬虎八郎に向いたが、顔を止めることはなかった。

「あれ、いないや」

「まあいいや坊主、ご苦労だったな」

と言って手代は、小僧に何やらくれた。

「ありがとう……なんだ、たったの一文か」

一文銭を駄賃にもらった小僧は、虎八郎の脇を駆け抜けていく。そんな小僧に一瞬目をやり、虎八郎が顔を戻したときには、手代の姿は店の中に消えていた。

しばらくして、手代は店先へと再び姿を現した。荷役たちに指示を出す様子に、何ごとも変わったところは見られない。

店は忙しく動いているものの、それは通常の業務としてである。梅白が言うように、奉行所の役人たちが扮装して出入りしている様子はうかがえなかった。

それから四半刻ほどが経ち、母屋のほうから竜之進が虎八郎に近寄ってきた。

「どうだった、母屋のほうは？」

虎八郎から、まずは訊いた。

「お香が言ったとおり、本当に客の少ない家だ。半刻の間に猫の子一匹の出入りもなかった。店のほうはどうだった？」

逆に竜之進が訊き返す。

「それが、四半刻ほど前に……」

小僧が書状らしきものをもってきて手代に渡したことを、虎八郎は見た様に語った。

「そんなことがあったか。拐かしの下手人からの書状……」

「ああ、多分俺もそう思う。だが、渡された手代のそのあとの様子は、なんも変化がなかった」

さっそくそのことを報せようと、竜之進と虎八郎は梅白とお香が待つお梅茶屋へと足を急《せ》かせた。

「それにしても、梅汁寒天は美味だのう」

四杯目のおかわりを食しながら、梅白の目が細くなっている。

「ご隠居様。そんなに食べたら、お体に毒です」

「まあ、うまいものは仕方がないではないか」

と言って、梅白が寒天の中に埋まる小梅をツルリと口に含んだときであった。

「いらっしゃい……あら、お連れさんたち」

件《くだん》の仲居の声が聞こえてきた。

「ただいま戻りました」

竜之進と虎八郎が、雪駄を脱ぎながら言った。

「おお、ご苦労だったな。それで、どうだった？」

さっそくとばかり、二人の腰が下りる前に梅白が訊きだす。

こんなことがありましたと、先に虎八郎が書状の経緯を語った。

「それ以外は、何も変わったことはありませんでした」

竜之進が言って、大和屋の様子を語り終える。

「ほう、小僧が書状をか……」

二人の話を聞き終えてから、梅白の口が開いた。

「おそらく、下手人からのものかと……」

虎八郎が、声を落として言った。

「うーむ」

梅白が、腕を組んで考えに耽った。

「これは、すぐに主に会う必要があるな」

しばらく考え、梅白が閉じていた目を開いて言った。

「どうやらその書状は、先ほどの男たちの手によるものかもしれんぞ。小僧は、知らないおにいちゃんと言っていたのだろ。ならば、衝立の向う側にいた若者とみて……」

「差し支えございませんな、ご隠居」

虎八郎が、梅白の読みに同調する。

「お香、どうだそんな読みで？」

梅白の顔は虎八郎に向かず、お香に向いた。

「あたしもご隠居様の意見に同感です」

「ならば、ここでうだうだ考えていてもらちがあかん。これだけ材料がそろったのだ、七郎二郎左衛門さんに会って話をすることにしよう」

長居をしたなと、件の仲居に謝りお梅茶屋を出たのは、それからすぐのことであった。

四人で大和屋の母屋を訪れることにする。

外から見ると、何ごとも起きてないように、いつものようなひっそりとした佇《たたず》まいであった。

「さて、入りましょうか」

梅白たちに声をかけ、お香は門の格子戸に手をかけた。

「あら……？」

門がかかっているのか、戸が開かない。いつもはすんなりと開くのだが。

「おかしいわねえ」

お香は首を捻って再び試みるが、門はそう簡単に壊れるものではなかった。外から相当大きな声を出しても、到底中まで届きそうもない。

「仕方ない、店のほうに回りましょう」

店からは訪れづらい用件であったが、入れなければ仕方がない。

半周する間に、梅白はどのように取り継いでもらうか、方便を考えていた。

「お香は、店の人たちのことはよく知っておるのか？」

「名まではよくは知りませんが、顔は見知っています」

「ならば、お香が主の将棋指南役ということは……？」

「はい、それは知っていただいてるものと」

お香とのやり取りで、梅白はよい口実が浮かんだようだ。

「よし、ならばお香……」

言って梅白は歩みを止めた。一角曲がれば、そこは店先である。

塀の角の手前で、梅白はお香に手立てを授けた。

七郎二郎左衛門と会うには、やはり将棋が格好の口実となろう。

「おい、気をつけて行けよ」

荷車を一つ送り出し、見送る手代に四人は近づく。虎八郎も先ほど見知った、子供から書状を受け取った手代であった。

「手代さん、こんにちは……」

顔見知りであるお香が声をかける。名前は分からないので、役職で呼んだ。

「あっ、あんたはお香さん」

「どうも。お忙しいところごめんなさい」

「いや、謝ることなど……」

ないさと言う途中で、お香のうしろにいる三人に手代の目が向いた。

「旦那様は、今おいででしょうか？」

お香は、七郎二郎左衛門の在宅を知っていて訊く。

「ええ、いるにはいますが……」

返す手代の顔が曇りをもった。

――おや、手代は事件のことを知っておるのか？

手代の顔色が変わったのを見た梅白は、七郎二郎左衛門と会うのは容易と取った。ならば、何も将棋を口実にもち出さなくてもよい。来た用件をずばり言えばよいことだと思った。

「それが、塞《ふさ》ぎ込んで……」

手代が首を振りながら答える。

「塞ぎ込んでいるとは……？」

「ええ、今朝から元気がないのです。理由《わけ》を訊いても、何も言わないですし」

やはり店表には話が伝わってないようだ。ここでお香は、梅白から授けられた口実を口にする。

「手代さん、お香が来たとお伝え願いますか。このお方たちもあたしの弟子で、将棋を覚えたてです。旦那様のよいお相手かと思ってお連れしたのですが」

「今は、どうですかなあ」

七郎二郎左衛門の、塞ぎ込んだ様子を思い浮かべて手代は考える。

「ならばなおさら。ちょうどよい実力のお相手と将棋を指せば……」

「元気が出るとでも言うのですな」

「はい。先だって旦那様から、もうそろそろお相手を見つけてきてくれぬかと頼まれていましたもので。せっかくお役に立てると思い、来ていただいたのですから……」

「分かった。取り継いでくるから、ちょっとここで待っててくれないか。それでは失礼します」

小さく頭を下げて、手代は奥へと入っていく。

「ちょっとそこにつっ立っていられると、邪魔なんですが」

荷役の一人が、大八車を背にして立つ四人に声をかけた。

「ああ、申しわけない。とんだ邪魔をいたしましたな。ならば、あそこにいるとしよう」

仕事の邪魔にならないところで手代を待とうと、梅白は道の向かいを指さして言った。

道行く人に目立たぬよう、四人は道を跨《また》いだところのもの陰で手代が出てくるのを待った。

それから間もなく、手代が出てきてきょろきょろとあたりを見回している。

「あれ、どこに行ったのかな？」

手代の声が聞こえて、お香はもの陰から姿を出した。

「こちらです」

「そこにいたのか」

「いかがでしたでしょう？」

手代の顔にうっすらと笑みが浮かんでいるの見て、首尾が叶ったと思いながらも、お香は訊いた。

「お香さんの言ったとおりに伝えたら、旦那さんは『――それなら』とおっしゃってた。手前からも、気休めになればと勧めておいたしな」

「それは、雑作をおかけいたしました」

梅白の口から礼が出る。

「いえ、こちらこそよろしくお願いします」

梅白の丁寧な礼に、手代は口調を同じくして返した。

第三章　旗本の退屈男

一

店先にお房が出てきて、裏の門を開けるという。

仕事以外の客は、帳場には入れさせないようにとの決まりが大和屋にはあった。人様のものを預かるという配慮からであろうと梅白は取った。

——どんな輩《やから》が紛《まぎ》れ込むとも限らんからな。よい心がけだ。

再び塀沿いを半周して、母屋の門へと四人は回った。

お房が門を開けて待っている。

「どうぞ」

と、四人を中に導き入れて、お房は閂《かんぬき》をかけた。

「いつもより、ずいぶんと厳重ですね？」

母屋へと導く敷石を踏みながら、お香が訊いた。

「ええ……」

とだけ、お房から返事があった。やはり、いつもより声が小さい。

「お取り込みのところすまぬな」

「えっ？」

と、驚くお房の顔が梅白に向く。

「お房さんといったな」

「えっ、はい」

「お香から名を聞きおよんでいる。この度は、大変なことになってるようで……」

母屋《おもや》に入る前に、お房にはここに来た理由を知ってもらったほうがよいと、梅白は思っていた。まだ、幼い面影が残る娘であったが、主の七郎二郎左衛門はお房の聡明さを頼りにしているものと取ったからだ。

「すると、お香さんたちは？」

「朝来たときから様子がおかしいと思って。それで、ご隠居様に相談を……」

「あとは、ご主人の前で話しましょうぞ」

梅白が言ったと同時に、母屋の玄関へと着いた。打ち合わせができるほど長い、門から玄関までの隔たりであった。

「旦那様、お連れいたしました」

玄関の遣戸《やりど》を開けると、塵一つ落ちていない玄関先からお房は声を奥へと通した。だが、中からの返事はない。

「さあ、どうぞお入りください」

七郎二郎左衛門からの返事がないのは心得ている。お房は四人を板間に上げた。

長い廊下であった。

「ずいぶんと大きなお屋敷で……」

三千石の旗本屋敷と引けを取らぬほどの建坪である。部屋数が、数えてみないと幾つあるか分らないそんな母屋に、主七郎二郎左衛門と倅貫太郎のたった二人だけの家族が住んでいる。下女や奉公人たちが数人居を共にするが、家の大きさからして寂しさは否《いな》めそうもないと、梅白は思った。

「旦那様、お連れいたしました」

七郎二郎左衛門の居間の前まで来て、お房は襖越しに投げた。

「いいから入りなさい」

襖の向こう側から聞こえてくる声音に、いつもの覇気がないと、お香は思った。

失礼しますと言って、お房は正座をして襖を開ける。

「どうぞ、お入りください」

お房に促され、お香が先に入り梅白、そして竜之進、虎八郎とつづく。

「また、ずいぶんと大勢で来たものだな」

四人もいるとは思わなかった七郎二郎左衛門は、うつむく顔を上げて驚く表情を示した。

「ただいまお茶をご用意します」

三つ指をついて言うと、お房は部屋から下がっていった。

「旦那様、お顔の色がすぐれませんようで……」

お香が心配そうな声音で、七郎二郎左衛門に話しかけた。

「あっ、はぁー」

答えようとしても、七郎二郎左衛門の口からは言葉が出てこない。ため息をひとつ吐いただけであった。

七郎二郎左衛門の座る脇に、書状が一通置いてある。お香の目が一瞬それに向いたのを、七郎二郎左衛門は気づいたようだ。書状の上に手を落とすと、黙って敷いている座蒲団の下にそっと隠した。

お香と梅白たちは、その行いに黙って知らぬ振りをする。

「ところで師匠……」

七郎二郎左衛門は、お香のことを師匠と呼ぶ。

「なんでございましょう」

「そのお方たちは？」

「はい、その……」

お香は紹介するに、答えに迷った。梅白の身分を明《あ》かしていいのかどうかを。このあたりの打ち合わせはしていない。

「手前、常陸は水戸の出でして、千駄木で納豆問屋を営んでおります。すでに隠居の身で日がなのんびりと、俳句などの風流を愛でておりおります。雅号は梅白といたしておりまして、これをご縁によろしく。ここに控える二人は手前の供《とも》の者でして、商いでは役に立ちませんが、喧嘩には滅法強く、まあ用心棒代わりと申しましょうか……」

「竜吉《りゆうきち》と申します」

「虎八《とらはち》でございます」

それぞれの口から名が語られるも、町人らしき名で本名を隠す。だが、物腰は町人には見えぬ。七郎二郎左衛門は小さく首を傾《かし》げて疑いの目を向けた。

「このお方たちも、師匠のお弟子さんで？」

厳《いか》つい顔の眉間を寄せて、七郎二郎左衛門がお香に訊いた。

「はい、みなあたしの弟子でございます。旦那様とちょうど実力が同じくらいですので、将棋の初手合《はつてあ》いをと思いお連れしました」

「手代がそう言っておったな。だが、どうも将棋を指す気持ちにはなれん」

「最前からお元気がないようにお見受けしますが、いかがなさりまして？」

いきなり切り出しても、かえって心が塞《ふさ》ぐであろう。お香は、このあたりから徐々に本題にもっていこうと試みることにした。

「いや、なんでもない」

しかし、大きく首を振る七郎二郎左衛門に、お香は本題を切り出すきっかけを失った。

「あれほど将棋が好きになった旦那様が、指す気持ちになれないとは。これは、相当深いお悩みを……」

お香はうつむく七郎二郎左衛門の顔をのぞき込んだ。そして、つづけて言う。

「せっかくちょうどいいお相手をお連れいたしたのですから、一局お指しになったらいかがでしょう？」

将棋を指せば気持ちも落ち着く。本題に入るのは、それからがいいとお香は読んだ。

「そうだな……」

七郎二郎左衛門は、小さく返事をしてお香の提案に乗った。

「ご隠居様も……」

「一局お願いできますかな」

床の間に置いてある七寸厚の将棋盤を、虎八郎が抱えて畳の真ん中に置いた。三尺の間を開けて二人は向かい合う。畳の縁《へり》を踏まないで座るのが、立ち振る舞いの作法である。

「平手《ひらて》で指してください」

二人の実力をよく知るお香が、駒落ちのない、お互い同格の手合いとさせる。

盤に駒を配置させたところで、お房の声が襖越しにあった。

「お茶をおもちしました」

「竜さん虎さん、手伝ってさし上げなさい」

「かしこまりました」

梅白が二人に命ずる声が襖の向こうに伝わり、お房の声が返った。

「申しわけございません」

盆の上に、大きめの急須と五個の湯呑が載っている。竜之進が受け取ると、お房はそっと襖を閉めた。

「それでは、はじめてください。先手はご隠居様から」

お香の合図で、よろしくお願いしますと礼にはじまり、梅白が一手目を指す。

「そう来られましたか……」

と、早くも二手目を七郎二郎左衛門は考える。

「そうなると、振り飛車ですな。美濃囲《みのがこ》いときますか」

「おっ……」

七郎二郎左衛門のブツブツと言う声に、思わず梅白は怯《ひる》む声を発した。

――そんな言葉を知っているなんて、これは手強《てごわ》い。

そして二手目を七郎二郎左衛門が指す。

梅白も口では負けていない。

「おっ、そちらは矢倉《やぐら》の囲いとなりますな」

小さな声で返す。

——たった二手目でこちらの作戦を見破るとは……。

梅白の言葉だけで、七郎二郎左衛門が怯《おび》える。

将棋の実力よりも、舌戦のほうで勝負がつきそうな気配となった。

戦法が組めるほど、端《はな》から定石《じょうせき》の知識などない二人である。五手目を指すあたりから、まともな将棋の形は崩れていった。

立会いのお香が、心の中で嘆く。

——どうしてああいう手が指せるのだろう？

しかし、対戦中はいかにあろうと口に出せないもどかしさがある。お香は黙って見やるも、対局者同士はそうでもない。

「おお、ずいぶんと妙手《みょうしゅ》を指しますな」

口だけは一丁前である。

そんな将棋を見ていて、虎八郎が竜之進に向けて小声で言う。

「それにしても、いい勝負だな。なあ、竜さん」

「ああ、かなりの好勝負だ」

そんな二人の小声が聞こえているのかいないのか、「うーん」と、梅白の思案に耽《ふけ》る声が口から漏れる。

王様の頭に金が置かれ、逃げるところはどこにもない。早い話が詰《つ》んでいるのだ。

それでも思案に耽る梅白を、お香は呆れた目で見やっている。

――将棋の実力はまだまだね。

一方の七郎二郎左衛門のほうを見ると、相手の指し手がどう出るかに思案をめぐらせているようだ。

「……敵があやると、こうやるだろ」

呟《つぶや》く声がお香の耳に入る。

――勝っているのが分からないなんて、こちらもまだまだ。

「……まったく駄目な人たち」

呟く声が、お香の口から出た。

将棋が弱いと、人格までもが蔑《さげす》まれるようだ。

二

王様が動くところがないので、梅白は仕方なく飛車を動かす。

「はい、詰みね」

すかさず七郎二郎左衛門は、梅白の王様の上に金将を載せた。

「これはやられた。いや、負けました」

潔《いさぎよ》く梅白は負けを認め、大きく頭を下げて相手の勝ちに敬意を表した。

「いや、お強いですな」

七郎二郎左衛門も、負けた相手を敬う。

互いの礼があって、一局の対戦が終わった。

「どこの指し手が悪かったですかな？　お師匠」

相手の手前、梅白も称号でお香を呼んだ。将棋でも囲碁でも一局が終わると、感想戦というのがある。指した手の善し悪しをめぐって、意見を述べ合うものだ。そういうことができるのは、最初から最後まで指し手順を覚えている人の言うことである。

――五手目から全部。

と言おうとして、お香は肚《はら》の中に納めた。

この先、どのようにして教えていったらよいのかしらと、お香の思い患うところで七郎二郎左衛門の声がかかった。

「いや、楽しかった。もう一局と願いたいところだが、今日のところはこのへんにして……」

お帰り願おうと、言おうとしたところで梅白からの声がかかった。

「いや、ご主人……」

梅白の眉間《みけん》に皺《しわ》が寄っている。その険相に接し、七郎二郎左衛門の顔がにわかに歪《ゆが》んだ。

「何か、まだ……？」

用があるのかと、問う言葉には尖《とが》る響きがあった。

「実はですの……」

梅白は、七郎二郎左衛門の気持ちを宥《なだ》めるように、静かに切り出した。

「手前どもは、本当は将棋を指しに来たのではないのです」

「なんですと？」

七郎二郎左衛門が、眉根をつり上げて言った。

「師匠、いや……お香さん。いったいどういうことで？」

怒りの矛先がお香に向いた。ただでさえ厳つい顔の七郎二郎左衛門が、仁王《におう》様を彷《ほう》彿《ふつ》させる怒り顔でお香を睨《にら》んでいる。

「申しわけございません。ですが旦那様……」

ここで、怯《ひる》んではなんのために来たのか分からなくなる。お香が本題を切り出そうとしたところで、遮《さえぎ》るように梅白が口を出してきた。

「お香を叱らんでやってくだされ、ご主人。実は、お香は大和屋さんのことを案じて、手前に相談をかけてきました。もしかしたら大和屋さんは、ご子息の貫太郎さんとかおっしゃったか、その倅《せがれ》さんのことでお悩みかと。もしや、拐《かどわ》かしに遭っておられるのでは……？」

ございませんかと、梅白はここぞとばかりずばりと言った。

「どうして、それを？」

苦渋のこもる声で、七郎二郎左衛門は訊き返す。

「どうしてそれをと訊くところは、やはりそうでしたか」

お見通しだという顔を梅白が向けた。

「どうして、ごぞんじなので？」

七郎二郎左衛門の、観念した口調であった。

「下谷広小路のある店で、昼餉《ひるげ》を摂《と》っておりましたらな……」

衝立の向こう側から聞こえてきた話を、梅白は語った。

「そこに、大和屋さんという屋号が聞こえ、お香とご縁のあるお店とうかがいました」

梅白は、二人組の男から聞こえてきた話に若干色を添えて言った。説明に、通りがいいと考えたからだ。

「それで、お香と相談しましてな。大和屋さんを助けてさしあげようと。お香のお知り合いでは無下《むげ》にもできぬと、しゃしゃり出てきた次第《す》であります。ご子息の拐かしとあっては、大変な気苦労でございましょうなあ。奉行所には届けられない、人には話すことができずと、お独りで悶々としていたのでありましょう？」

すっかりと気持ちを見透《す》かされ、七郎二郎左衛門の衣紋《えもん》かけのように張った肩が、音を立てるようにガクリと下がった。

「あの、ご隠居様たちは……？」

単なる商家の隠居ではないと見て取った七郎二郎左衛門は、梅白たちの本当の素性を知りたくなった。

「ご隠居様……」

お香の、身分を明かしたらという、催促を促す目が梅白に向いた。

「うん」

小さくうなずき、梅白はお香に答を返した。

ここはまず七郎二郎左衛門の疑いを解くのが肝心と、梅白は素性を明らかにすることにした。いずれ身分は分かることであるとの思いにも至る。

「手前どもはな、ご主人……ただし、これは絶対に内密にしておいていただきたい」

梅白はひと言念を押してから、御三家である水戸家は先代の五代藩主徳川宗翰の弟で、水戸の黄門様で知られる水戸光圀公は、曾祖父にあたると説いた。

「本名は、松平成圀と申す者じゃ」

「ははぁー」

梅白が語り終わるを待たず、七郎二郎左衛門が畳に額《ひたい》を埋めて拝礼をした。

「いや、そのままそのまま。そんなことをされるつもりで、明かしたのではござらぬ。こちらの身分はご主人の心内《こころうち》に止《とど》めといてくだされ。そうでも言わぬと、話が進まぬものでな。あくまでも、内密に、ないみつに……」

梅白は、七郎二郎左衛門にさらに固く口止めをして、身分を晒《さら》した。

「そんなことで、表向きは納豆問屋の隠居として、いさせてくださらぬか」

「かしこまりました」

「いや、そんな堅苦しい言葉も抜きにして……」

「はい、分かりました。それにしても、そんな立派なご身分のくせに、将棋は弱い」

七郎二郎左衛門の口調が砕けたものとなったのはよいとして、梅白には言いすぎとも取れた。

「身分と将棋は別ものでございましょうよ。それを言うなら、ご主人だって大店《おおだな》の主のくせして……」

将棋が下手だとやり返す。

「どちらも弱いのですから、そのぐらいで……」

目くそが鼻くそを笑うにすぎないと、お香にたしなめられて、将棋の件で罵《ののし》りあうのはやめた。

「手前は、竜吉ではなく本当は竜之進と申します」

「手前は、虎八ではなく虎八郎……竜さん、虎さんと呼んでいただいてもけっこうでございます」

虎八郎の言葉で、七郎二郎左衛門の顔がようやく緩みをもった。

「それで、いかようなことに……？」

なっているのかと梅白が訊いて、話は本筋へと入っていく。

「二日ほど前のことです。今まで一夜も家を空けたことのない貫太郎が……」

家を出たまま帰らず　七郎二郎左衛門が案じていたところに一通の書状が届いた。

「まずは、これをご覧になってください」

そう言って七郎二郎左衛門は、書状の一通を手文庫の中から取り出し梅白の前に置いた。たしか、もう一通は座蒲団の下にあるはずだ。

――二通届いたのか。

梅白は、差し出された書状を読もうと手に取る。

宛名には、達筆な字で『大和屋七郎二郎左衛門様へ』と記されている。

「これはまた、見事な字でございますな」

梅白は、うしろ姿しか見ていないがお梅茶屋から出ていく二人の若者を思い浮かべていた。

「……あの者たちが書いたとは」

到底思えないと、脳裏をよぎる。それほど能筆であった。

下手人《げしゆにん》は、三人以上いると思われる。

――となれば、もう一人の手によるものか。

そんなことを考えながら、梅白はおもむろに書状を開く。一寸五分幅に巻かれた和紙を開くと同時に、眉間に縦皺を一本増やして梅白の顔が歪んだ。

「なんだ、これは？」

「いかがなされましたか？　ご隠居」

首が斜交《はすか》いになった梅白に、竜之進がすかさず訊《き》いた。

「貸してみてくだされ。うわっ、これは？」

梅白から書状を手渡された竜之進は、驚きの声を上げた。

「ご隠居、これは？」

「どうだ竜さん、驚いたであろう」

「はあ、ご隠居にも覚えが……」

そして、二人同時にお香の顔を見やる。

「いかがなさいましたのでしょう？　お二人とも」

訝《いぶか》しそうな顔をするお香に、竜之進は黙って書状を差し出した。

「あっ、これは！」

「どうした、お香？」

お香は、虎八郎に書状を渡す。お香の手には、震えが帯びている。

「なんだこれは！」

虎八郎の驚きも尋常ではなかった。

「いかがなされましたので？」

四人の驚嘆する姿を、七郎二郎左衛門は不思議な思いで見ている。

書状には、こう書かれていた。

七郎二郎ざえもんさま
このたび　ご士息のかんたろうどのを
あずかることにしました
いのちが押しければ
このことはぶぎょう書にも　ほうこうにんたちにも
だれにも　だまっていてください
あとで股　かきつけを贈ります

「お香のところに届いたつけ文とまるで同じ筆跡で、同じように間違い字のある、仮名だらけの……」

「なんですと？」

梅白の語りには、七郎二郎左衛門も驚きの声を上げた。

お香をつけ回していた者が、貫太郎を拐かした下手人である。梅白の口から、七郎二郎左衛門にそのことが端的《たんてき》に語られた。

「なんてこった」

苦渋のこもる声が、七郎二郎左衛門の口から漏れた。

「しかし、ご隠居……」

「なんだね、竜さん？」

「この者たちは、わざと仮名を使ったり、間違い字を書いたりしているのでは……？」

ございませんでしょうかと、竜之進は説く。

「どうして、そう思う？」

「あとで股とか、かきつけを贈りますという文字は、むしろ難しくありましょうし。これだけの間違え字は、表書きの達筆さからして到底考えられませぬ。ふざけているかどうか分かりませぬが、いささか不気味に思われます」

お香の書状にも、そんな不穏な感じが宿っていたと、竜之進は言葉を添えた。

「そうであったな。お香へのつけ文も、気持ち悪く感じたしな」

「ああ、いやだ……」

不快な念がお香を苛《さいな》む。背筋にぞっと冷たいものが奔《はし》った。

「お香、あのつけ文はどうした？」

「あんなもん、気持ち悪くてとっくに破り捨てました」

文言も覚えていないと、お香は言った。

「取っておけばよかった」

比べるものがなくなったと、今にして後悔をするお香であった。

三

それではもう一通と言って、七郎二郎左衛門が座蒲団の下から書状を取り出した。

「これをご覧になってください」

同じように、宛名には達筆な字で『大和屋七郎二郎左衛門様へ』と記されている。

一通目と同じ者の手によるものであった。

「しかし、表面の文字と中の文とはかなり筆跡が異なるな」

「下手人は複数……少なくとも三人はいるものと思われますので、別の者がと……」

お梅茶屋で語っていた若者の言葉で、下手人は三人以上と読んでいる。

「左様であったな」

竜之進に言葉を返しながら、梅白は書状を開く。

同じような、蚯蚓《みみず》がのたくったような文字が書かれている。

七郎二郎ざえもんさま
ご士息のかんたろうどのを
帰して干しければ　五百両ちょうだい
ふくろにいれてもってきてください

二通目の書状には、身代金の額が書いてある。

「まったく、なんて奴らだ」

梅白の、憤《いきどお》りのこもる声が部屋の中に轟《とどろ》く。

「ご隠居様……お声が」

七郎二郎左衛門が、梅白の大声を制した。ここで奉公人たちに変事が悟られてはならぬと気を揉んでいる。ただでさえ、梅白たちにことの経緯を話してしまった憂いがあるのだ。

「すまぬ、お気を煩《わずら》わせてしまった」

梅白は小声でもって、謝《あやま》りを言った。

「ご隠居……」

「なんだ、また虎さんかと言うことはないでしょうに、ご隠居」

竜之進と違って、虎八郎は梅白にずけずけとものを言う。

「それでどうした、虎さん？」

「ご隠居、この書状には五百両の、受け渡しの場所が書いておりませんな」

「そういえばそうだ。いいところに気がつきおったな。虎さんにしては珍しい」

褒められているのか、貶《けな》されているのかどっちつかずの梅白のもの言いに、虎八郎は気持ちが引く思いとなった。

「ご隠居様……」

ここで口を出したのは、お香であった。

「どうした、お香。何か考えがあるのか？」

「ここに五百両と書かれてますが、千五百両とは違いますので？」

たしか、お梅茶屋では……とお香は言葉を添える。

「そういえば、たしか『——三人で千五百』とか言っておったのだろう？　のう、竜さん」

「はい、そう聞こえましたが。なあ、虎さん」

「手前も、そのように……」

聞こえましたと、小さくうなずく。

それを、一人頭五百両の分け前と取ったが、書状に書いてある身代金の額を読むと意味が異なってくる。

下手人と思われる二人の話からすれば、身代金は千五百両と書かれていなければおかしい。

「これについては、今のところなんとも言えぬ。とにかく、書状はもう一通届くはずだ。それを待とうではないか」

梅白が腕を組みながら、思案顔をして言った。

「どうも、奴らの手段として書状を、そこらで遊ぶ子供に駄賃をくれて届けさせるようでござりますな」

と言った虎八郎の言葉が、七郎二郎左衛門の耳に届いた。

「えっ、虎八郎さんはなんでそのことを？」

七郎二郎左衛門がひと膝乗り出して訊いた。

「はい、黙って店先を探っていましたところ、子供が書状をもって……」

「そこまで分かっておられたのですか」

虎八郎の話に、七郎二郎左衛門の肩の力がふっと抜けたようだ。ここまで調べられていたとはと、七郎二郎左衛門は目の前に座る四人に託す決意をした。

「お願いします。どうぞ倅の貫太郎を救ってやってください」

敷いていた座蒲団から下り、畳に額を擦りつけ、改めて七郎二郎左衛門からの嘆願がなされた。

「はい。できることはいたしましょう。ですからご主人も、気を落とすことなく一緒になって、倅さんを救いましょうぞ」

梅白の言葉は、七郎二郎左衛門にとってこの上もない励ましとなった。

「お願いいたします……」

一度上げた頭を再び下げ、額を畳に埋め込むほどとなった。

「分かり申したから、頭を上げなされ。それでは、話もできませんぞ」

はいと、返事があって七郎二郎左衛門の頭が上がった。額は赤くなり、畳の目が横筋となってくっきりとついている。

「さて、これからいかがしようか……？」

貫太郎を救うと、大見得を切ったものの話は複雑な方向に流れていく。さてどうしようかと、思案のしどころとなった。

しばらくは、沈黙が部屋を支配する。

ときどき聞こえてくるのは、誰かの口から思案の縁に暮れる「うーん」という、うなり声だけである。

「旦那様……」

沈黙の中で先に声を発したのはお香であった。

「なんだね、師匠？」

七郎二郎左衛門の、虚《うつ》ろな目がお香に向いた。

「貫太郎さんの、このごろなんですが……」

貫太郎は内にこもる性格だとあらかじめ知っている。そのことは口に出すことなく、お香は問いはじめた。

「このごろ？」

「はい。このごろ、出かけることが多いとお聞きしましたが、いったいどちらへ？」

「ときどきいなくなることは知っておるが、どこに行っておるのやら。だが、暗くなる暮六ツ前には帰ってきているので、気にはしておらなかったが……いやむしろ、外の空気を吸ってくれたほうが、わしとしてはうれしい」

左様ですかと、お香は小さくうなずいた。そして、つづけて口にする。

「旦那様は、ごぞんじでしょうか？」

訊きづらいことなので、お香の言葉も濁る。

「ごぞんじかと訊かれても、何をと言われなくては、答えようがないな」

「貫太郎さんに好きな娘さんが……」

七郎二郎左衛門の顔をのぞき込むように、お香が言う。

「えっ？　それはいったい。まさか、貫太郎に……えっ！」

七郎二郎左衛門の訝しがる顔が、驚き顔へと変わる。

「お房、お房はおらんか？」

声を張り上げ、七郎二郎左衛門がお房を呼んだ。二間《ふたま》先の部屋で、お房を控えさせている。用事があるときは、大声で呼ぶことにしていた。

「はい、お呼びになられましたでしょうか？」

少し間をおき、お房の声が襖越しに聞こえた。

「いいから入りなさい」

失礼しますといって、お房が入ってくると三つ指をついて、梅白たちに拝した。

——ずいぶんと気立てのよい娘さんだ。

改めて、梅白はお房に感心をする。

何かご用ですかと、お房の無言の目が主人に向いた。

「お房には、心あたりがないか？」

親としては、訊きづらいところだ。七郎二郎左衛門も、お香と同じく言葉が濁った。

いきなり、心あたりがないかと訊かれても、お房は首を捻《ひね》るばかりである。

「このごろ貫太郎にな……」

「若旦那様に、ですか？」

「そうだ、貫太郎にこれができたってのを……？」

言って七郎二郎左衛門は、右手の小指を立てた。その所作は、少しませた娘なら通じるのだろうが、お房は十四歳の娘にしては晩熟《おくて》であった。

「はぁ……？」

なんですかこれはと、お房は、主の真似《まね》をして右手の小指を立てた。

「女という意味だ」

分からんのかと、癇癪《かんしゃく》を込めた口調で七郎二郎左衛門は言った。

梅白が、七郎二郎左衛門に向かって首を振る。

「大きな声を出してすまなかった。そういえば、お房はまだ十四だったな。これがどういう意味だか知らぬのも無理はあるまい」

「小指というのは、女の人のこと……ですか？」

話が本題を逸《そ》れていく。

「いや、そんなことはどうでもよい。忘れてしまいなさい。それでだ……」

七郎二郎左衛門は慌てて、話を元へと戻した。それでも、いざとなると言葉が濁る。

「貫太郎さんに、好きな娘さんがいたかどうか、お房ちゃんは知らない？」

お香が焦《じ》れて、七郎二郎左衛門の代わりになって訊いた。

端《はな》からそう訊けばよいものを、つまらぬところで遠回りをするとお香は思いながら言った。

いきなり、貫太郎に好きな娘がいるかと訊かれても、お房には答えようがない。なにせ、恋心も抱いたことのない純真な娘である。男女が好き合うという、そんな概念すらもまだ知らないのだ。

お房に訊いても、それは分からぬだろうとお香が思ったところであった。

「ご主人……」

「……そういえば」

呟く声が、お房の口から漏れた。

「何か知っているの？」

お香の問いに、お房が小さくうなずいた。

四

お房は、お香の顔を一瞬見たがすぐにその目を元へと戻した。

「小菊《こぎく》ちゃん……とか」

「小菊ちゃんて？」

お香が訊けば、お房としても返しやすいようだ。答がすらすらと語られる。

「はい。若旦那様の部屋の前を通りましたとき、一度だけですがそのような名を聞いたことがあります」

それ以外には心あたりがないと、お房は言う。

「……小菊？　どこかで聞いたことがあるな。どうも、齢を取ると忘れっぽくていかん」

ぶつぶつと、呟いているのは梅白であった。

「あっ、そうか」

閃く梅白の声に、みなの目が集まる。

「ご隠居が閃いたのは、娘十八人衆でございましょう？」

梅白に向けて言ったのは、虎八郎であった。

「なんですか、その娘十八人衆と申しますのは？」

「旦那様はごぞんじないのですか？」

お香の問いであった。

「お房は知っておるか？」

「いえ、聞いたことがございません。なにせ……」

仕事ばかりでこの家から出たことがない。そういう意味では世間に疎《うと》い娘であった。

「そうであったか。ずっとわしと貫太郎の世話で、おまえもこの家に入りっきりだからな。世の中のことに疎いか」

神妙な七郎二郎左衛門の言葉に、お房はうな垂れる。

「それで、娘十八人衆とはどのような……？」

七郎二郎左衛門の顔が、お香に向き直る。

「今流行《はや》りでして、下谷広小路に小屋があり、お馬鹿な男たちが夢中になって……」

お香はひとしきり『不忍組　娘十八人衆』のことを説いた。しかし、あまりよい評は言わない。

「下谷広小路に、そんな芝居小屋があったのか。知らなんだ」

「このごろ急に流行り出したものですから、ごぞんじない方も多いかと。お房ちゃんのような若い子でも知らないのですから、旦那様のお齢では無理もないかと……」

「そんなことはあらんぞ、お香」

お香の語る途中で、梅白が口を出した。

「いや、ご主人。あれは元気があってよろしい。手前なんぞ、一度観にいきましたらな、病みつきになりそうで」

「えっ、ご隠居様が？」

「若い者だけが熱狂しているようだが、とんでもない。けっこうご老体も観客の中に交じっておりましてな、一緒になって騒いでおりますぞ。ですが、あまりはしゃぎすぎて腰にはよろしくないがの」

「お若いものですなあ、ご隠居様も」

梅白よりは十歳ほど年下に見える、七郎二郎左衛門の感心したもの言いであった。

「それで、先ほどお房ちゃんから出ました小菊というのは、その娘十八人衆のうちの一人なのですよ」

「そんなのに入れ込んでましたのか、貫太郎は」

「そんなのと申しますが、わたしなんぞは桃代というのが好みでして……」

「ご隠居は桃代ですが、手前は夏生という娘が贔屓《ひいき》です」

贔屓の娘の名まで出し、いい齢をしてと言いたげな、七郎二郎左衛門の蔑《さげす》む目が向いている。

大和屋の長男貫太郎の外出は、不忍座の娘十八人衆を目当てであることが更にはっきりとした。娘十八人衆の顔ぶれの一人である小菊という娘に、貫太郎は萌《も》えているらしい。

「そうであらば、不忍座から足取りを追うことにするか。しかし、これは難儀であるぞ。なにせ、捜《さぐ》っていることを相手に悟られてはまずいからな」

きっかけはつかめたものの、捜る手立てに難儀を感じる梅白であった。

「これは、不忍座に通い詰める必要がございますな」

虎八郎が魂胆あらわに、にんまりとした顔で言った。

「そんなうれしそうな顔をして、ものを申すのではありませんぞ、虎さん」

詰《なじ》るものの、梅白の顔も緩《ゆる》んでいる。

「そうとなったら、さっそく出かけてみるとするか……いや、その前にだ、ご主人」

立ち上がろうとして上げた腰を、梅白は下ろして顔を七郎二郎左衛門に向けた。

「なんでございましょう？」

「この事件を捜る上で、手前らは千駄木と下谷を行ったり来たりせねばなりません。どうも寄る年波にそれも億劫《おっくう》で、いや億劫というよりいかなる急用がもち上がるとも限りません。そんなんで、当分の間こちらに……」

ご厄介になるわけにはいかないかとまで言おうとして、梅白は言葉を止めた。

「なるほど、それでしたら……」

「いや、それはやはりまずい」

七郎二郎左衛門の快諾があったものの、梅白は前言を撤回した。

「なぜでございましょう？」

「拐かしの下手人の目が、どこにあるか分かりません。手前らが出入しているところを見られますと、ご子息の命があぶない。書状には、誰にも知らせるなと書かれてましたからな」

わけを語った梅白は、腕を組んで思考に耽った。

「……さてと、どういたしたものか？」

思案の呟きが口から漏れる。

「でしたらご隠居様……」

目を瞑《つむ》って考える梅白に、お香が声をかけた。

「なんだ、お香。よい手でも浮かんだか？」

「それでしたら、萬石屋さんにお願いしたらどうでしょうか？」

「萬石屋……あの、骨董商のか？」

「はい。萬石屋さんでしたら同じ下谷長者町で近いですし、お部屋もたくさんありそうですから」

「なるほど、主は市郎左衛門さんとかいったな。それで、引き受けてくれるかな？」

「それはあたり前でしょう。先だって、あれだけのことをしてさしあげたのですから」

お香が、自信満々の声音で言った。

一月ほど前、萬石屋の窮地を救ってやったことに、お香は思いを馳せている。

「お香の言うことも分かるが、恩着せがましくてなんとなく気が引けるな」

あまり乗り気でない、梅白のもの言いであった。

「ご隠居、お一人の命がかかっておられるのですから、ここは遠慮せずに頼んでみたらいかがでしょうか」

竜之進が、お香の案に賛同して身を乗り出しながら言った。

「竜さんの言うとおりだと身共、いや手前も思います」

「左様か。三人がそう言うのなら、ひとつ頼んでみるとするか」

虎八郎の一言で梅白の気持ちも萬石屋に傾き、さっそく出かけようと四人は腰を上げた。

「何かありましたら、二町先の骨董商萬石屋さんにおりますから、お知らせくださ い」

まだ、萬石屋市郎左衛門の承諾を得たわけではないのに、梅白はすでにそのつもりとなっていた。

あたりを見回し、そっと四人は大和屋の母屋から抜け出すと、まずは骨董商萬石屋へと足を向けた。

不忍座の様子を探る前に、拠点を確保せねばならない。

先日、お香と竜之進が訪れたとき、店頭で甕《かめ》にはたきをかけていた手代の庄吉の姿は、この日は見えない。

店の中には、誰もいない。

「留守番もなく、物騒ね」

お香が、店の中を見回して言った。

「宮本武蔵の木刀なんて、どうせ贋物でしょう。こんなもの盗まれたって、どうともありませんよ」

梅白が、飾ってある木刀を見て言った。

「どうともありませんて……？」

店先での言葉を聞きつけ、問いを発しながら奥から現れたのは、手代の庄吉であった。

「おや、これはご隠居様たち。ちょっと厠《かわや》に行っておりましたので、失礼いたしました」

そつのない、庄吉の応対であった。

「庄吉さんとか申したな、たしか……」

「左様でございます。よく覚えていてくださいました」

つい先日、お香と竜之進の報告で、梅白は庄吉の名を思い出していたのである。

「旦那様はご在宅ですかな？」

「はい、奥におります。今、呼んでまいりますので」

やがてどたどたと、廊下を急く足音が聞こえてきた。

「ご隠居様、お待たせを……」

姿を見せぬうちに、市郎左衛門の声が聞こえてくる。

いたしましたと言ったと同時に、奥と店とを仕切る暖簾《のれん》を掻き分け姿を現した。うしろには、四十歳半ばの内儀とみられる痩せ細った女が、庄吉につき添われてついてきた。

「おお、皆様ご一緒で。そうそう、ご隠居様たちは、家内《かない》は初めてで？」

「吉《きち》と申します。いつぞやは、大変お世話になったと主人からうかがっております。まことにありがとうございました」

礼を言うも、声に張りがない。しかも、かなり痩せ細っておりどこか患《わずら》っているようにも取れる。よく見ると、着ているものは寝巻きであり、その上に丹前を羽織っている。

「今、家内は病の床にありましてな……」

「それはそれは……寝ておられないでよろしいのですかな？」

梅白が眉間に皺を寄せ、心配そうな声で訊いた。

「はい。寝ていなくてはならないのですが、ご隠居様が来られたと申すので、是非にご挨拶をせねばならぬと」

お吉の代わりに、市郎左衛門が答えた。無理をしてでも、真っ先に挨拶をというのがお吉の気持ちであった。

「ご無理をなさらず……さあさ、お床に」

戻りなされと、梅白は挨拶をそっちのけにして言った。

「お吉、お言葉に甘えて床にお戻り。庄吉、連れていってやりなさい」

「ふぁー、ごめんください」

つらそうな息を吐き、お吉は庄吉に介添えされて寝床へと戻っていった。

「お内儀は……？」

「はい。医者の診立てでは、胃の腑に悪い腫《っ》きものがと」

「それは、ご心痛でございましょうな」

「はい、看病もけっこう大変でございまして。なにせ、手がないものですから、店は番頭の駒造《こまぞう》と庄吉に任せきりであります」

番頭の駒造は、昼間は主に得意先回りや仕入れに出かけていることが多い。店は主人の市郎左衛門と庄吉で切り盛りしている。その市郎左衛門はお吉の看病で、このところは内に引っ込みがちだという。

そんな取り込みのところに居座っては邪魔になるだろうと、梅白は別の拠点を探そうとの気持ちになった。そんな思いになったところで、市郎左衛門の問いがあった。

「ところで、皆様おそろいで、こちらに何かご用がござりましたのでは？」

「いや、ただ通りすがったものですから、ご挨拶をと……さあ、長居してはお内儀のお体にも障《さわ》る。おいとましようではないか。それではお大事にしてあげてくだされ」

梅白が言って、うしろを向こうとしたところでお香が一歩進み出た。

「旦那様は今、お手が足りないとおっしゃいましたよね」

「うん、言ったが」

「でしたら、合い間をみましてあたしも看病してさしあげましょうか。こちらにしばらく住み込んで」

「お香さん、それはありがたいが……」

市郎左衛門の、遠慮が先に立った。

「そうであるな。お香、よいことを申したな」

梅白の口調に、市郎左衛門は怪訝《けげん》な顔となった。訪れたのはただの通りすがりでなく、何か理由《わけ》があると市郎左衛門は踏んだ。

「ご隠居様、ここを訪れたのには何か理由が？」

「実はな、ご主人……」

遠慮しても仕方ないと、梅白は、なぜに萬石屋を訪れたのかを語った。

「そうでございましたか。それで、先だってより大和屋さんのことを。ならば、先にそれをおっしゃっていただければ。部屋は幾つもございます。どうぞご遠慮なく、いつまでもお使いくださいませ」

「それは、ありがたい。わしらも事件を捜《さぐ》るかたわら、何かお役に立てることがあれば、これは一石二鳥となりましょうな」

これで萬石屋を拠点にして、事件を捜れることになった。

お香は、三町離れた神田金沢町の実家から動こうとしたのだが、梅白たちと共に当分の間萬石屋で寝泊りをし、事件探求の間は、お吉の看病もかって出ることにした。

五

萬石屋は一人、十八歳になる娘を手伝いとして雇っている。

名をお軽《かる》と言った。半月ほど前、お吉が病に伏せてから朝昼晩の食事の賄《まかな》いをさせるために雇った娘であった。

「あら旦那様、いっぺんに四人も増えるのですか？」

市郎左衛門に言われ、お軽の口調はうんざりとしたものであった。

「まあ、仕方ない、みんなまとめて面倒みますか」

だが、すぐに気持ちを切り替え、どんと大きな胸を叩いた。

お軽は名とは逆の、女相撲取《すもうと》りにしてもよいぐらいの巨漢である。その分、気持ちも大きいところがあった。

「それでは頼みますよ」

「台所は任せておいてくださいませ、旦那様」

お軽はほっぺたの膨らんだ顔に、にっこりと笑みを浮かべると顎《あご》を二重にさせて、うなずいて見せた。

これで、梅白たち四人の食も確保できた。動く拠点が見つかり、あとは拐かし事件の探索に心おきなく力を注ぐことができる。

「さて、まいりましょうか」

さっそく四人は、かねてより打ち合わせておいた不忍座へと足を向かわせた。

日は西に幾分傾き、八ツ半ごろのところにお天道様《てんとう》はあった。

「芝居が跳ねたようでございますね」

不忍座の中から、ぞろぞろと客が出てくる。中には幾らか女が交じるが、圧倒的に男が多い。けっこう齢を召した男も多くいて、みな一様に顔を赤らめ、興奮が冷めやらぬ様子であった。

梅白とお香、そして竜之進と虎八郎は、十五間ほど離れたところでその様子を見ていた。

するとそのとき、捕り方役人と思《おぼ》しき男が五人ほど、戸板をもって駆けつけるのが見えた。

「何かあったのかしら？」

お香が不忍座に向けて、目を凝らしながら言った。

「何があったかは、分からん。まあ、近づいてみましょう」

梅白の声に四人が足を繰り出し、五間ほどに近づいたところであった。

「どっかの爺さんが、卒中《そっちゅう》で倒れたんだとよ」

すれ違いざま、若い男の声が聞こえてきた。

娘十八人衆の色香に熱狂して、血の圧が一気に上がったのだろう。

「なにも命を賭してまで、浮かれることはなかろうに」

梅白が、誰にともなく話しかけた。自分も、先だって腰が痛くなるほど熱中していたので、他人《ひと》ごととは思えない。

――これは、あまり無理をして観るものではないな。

爺さんが卒中で倒れたと聞いて、梅白は身につまされる思いとなった。

やがて、四人の捕り方の手で持たれた戸板に乗せられて、老人が小屋の中から出てきた。周りを取り巻く野次馬を、もう一人の捕り方が追い払っている。

倒れた老人は一人で来ていたらしい。周りに連れはいないようだ。

「誰か、このご老体を知っている者はいねえか？」

捕り方の一人が訊《き》くも、戸板を囲む野次馬はみな一様に首を傾《かし》げるだけであった。

「弱ったな。早く、旦那が来てくれねえかな」

町方役人を待っているのか、戸板は表に出たところで地べたに置かれた。そこは下谷広小路である。たちまち周りに人垣ができた。

四人もその輪の中に加わる。

「誰か、知ってる奴がいたら返事をしてくれ」

捕り方が、同じことを二度も三度も野次馬たちに訊いたが、みな一様に首を振るばかりであった。

しばらくすると周りを取り囲んでいた野次馬が一人二人と減っていき、お香は老人が寝ている戸板に近づくことができた。

「あっ、これは！」

お香が寝ている老人の顔を見て、目を瞠《みは》った。

「どうした？　お香」

大きく見開くお香の目に、梅白の怪訝そうな顔が向く。

「これは、成駒屋《なりこまや》さんのご隠居……」

「お香は知っておるのか？」

「はい」

倒れている老人は、お香の知る顔であった。お香は、目を成駒屋の隠居に向けながら小さくうなずいた。

そのときうしろから、忙《せわ》しい足音と共に声が聞こえてきた。

「患者はどこかね？」

ようやく医者が駆けつけ、寝ている成駒屋の隠居の脇に腰を下ろした。

「これはいかんな、もう手遅れだ。この症状は卒中に違いあるまい」

と言って医者は、小屋の看板を見上げた。

「こういうものを観ていたのか。となれば、興奮しすぎて血の脈が切れたのであろうな」

もう駄目だと、医者が首を振ったところでもう一人駆けつけてきた男がいた。

「どうしたい？」

黒の紋付羽織を着流しの上に被《かぶ》せ、腰に二本の刀を帯びている。頭は八丁堀風の粋な小銀杏《こいちょう》の髷《まげ》である。その形《なり》で、定町廻り同心と知れる。

「あっ、旦那。ようやく来てくんなさったかい」

捕り方の一人が、町方役人に声をかけた。

「これか……」

言って役人は懐《ふところ》から十手《じって》を抜くと、戸板の脇に腰を落とした。

梅白とお香、そして竜之進と虎八郎は同心の顔をまじまじと見た。ここでも、知っている顔に出会う。

一月《ひとつき》ほど前、やはり大名の賭け将棋で関わりをもった同心であった。

「笹川《ささがわ》様……」

梅白の呼びかけに、笹川のいかつい顔が向いた。

「あっ、たしかあんたらは？」

「納豆《なっとう》屋の隠居ですよ」

町方同心には、素性を隠す。

「そうだったな」

だが、笹川の顔は疑いの眼であった。素性は分かっていないが、何かを感じている目であった。

「それで、どうしたい？」

笹川の顔は、梅白たちから医者に向いた。すると、医者の首は横に振られる。

「あとは、坊さんのほうに任せるより手立てはないな」

医者が診立てを言ったあと、手を合わせて口にした。

「そうかい。となれば、事件ではねえんだな。それで、この老体はどこの誰なんだ？」

「笹川様……」

「なんだい、またあんたらか？」

梅白の呼びかけに、立ち上がって笹川が答えた。

「このお方をお香が知っているようでして」

「お香さんか、いつぞやはありがとうな」

おかげで助かったぜと、一月前の礼をここで言った。将棋では一目《いちもく》も二目もおいているので、笹川はお香に敬称をつける。

「それで、お香さんは知ってるのかい、このご老体を？」

「はい、成駒屋のご隠居で東兵衛《とうべえ》様かと……」

「成駒屋といやあ、将棋とか囲碁の用品を一手に扱うあの問屋のかい？」

問屋なので、一般の人たちには馴染みの薄い商店であった。だが、一手に卸《おろし》を引き受けるだけあって、その規模は大きい。やはり、大店《おおだな》という部類に入る。

「店はどこにあるんだい？」

「神田須田町《かんだすだちょう》に……」

「だったら、筋違御門《すじかいごもん》の近くだな。おい、運んでやんな」

捕り方に命じると、笹川は顔を上に向けて不忍座の看板に目をやった。

「こういうものを観てたのかい」

いい齢をしてとの蔑《さげす》みが、表情に浮かんでいたが口にすることはなかった。

「俺は忙しいんで、行くわ。あとは頼んだぜ」

捕り方の、古参と思える男に告げると笹川は、すでに骸《むくろ》となった成駒屋の隠居に向けて合掌《がっしょう》すると、その場をそそくさとあとにした。

「それじゃ、わたしもこれで……」

医者も腰を上げると、去っていく。周りにいた野次馬は、梅白たち以外は誰もいなくなった。

「成駒屋は須田町のどこらあたりに……？」

捕り方の古参がお香に訊く。

「だったら、ついていってあげる。成駒屋さんにはお世話になってるし、あまりにお気の毒で、このままにしておくわけにはいかないから」

「そうだな、もうここには用はなかろう。わしらも一緒に行くとするか。そうだ、虎さんはひとっ走り千駄木に行ってくれんか。長助に、しばらく帰らんからと告げてきてくれ。ついでに、着替えももってきてくれると助かる」

かしこまりましたと言って、虎八郎は北に道を取り千駄木へと向かった。

東兵衛の骸に莚《むしろ》を被せ、捕り方役人は戸板の四隅《よすみ》をもって立ち上がった。

「それでは行きますか」

お香の案内で、およそ十五町先の神田須田町を目指す。

四半刻足らずで、成駒屋の隠居東兵衛の骸は店先へと着いた。


問屋なので一般の客はなく、店の間口は一間半と狭い。だが、中に入ると板間は広くとられ、将棋盤や碁盤の見本がところせましと飾られている。

小間物屋の主と見られる客が、番頭と相対している。

「三千石のお旗本なんだが、将棋を覚えたくて将棋盤と駒が欲しいと言ってるんだ」

「初心者のお方でしたら、端《はな》はこの程度で」

幾らだと値を聞いて、客のほうが首を振った。

「そんな安いんじゃ駄目だ。遠慮しないでいいから、もっと値の張るものを……」

五十歳ほどに見える、恰幅のよい客であった。お供としてか小僧が一人、客のうしろに立っている。

そんな商談の最中である。いきなり東兵衛の骸を店の中に入れては大変なことになると、まずは顔見知りのお香だけが店の中へと入った。

梅白たちが待つ外では、届いた戸板に近所の人たちから好奇の目が向けられている。

「お香さんではありませんか？」

誰に声をかけようかと、なるべく知った奉公人を探そうとしているところにお香へ向けて声がかかった。

「あら、金治《きんじ》さん」

お香より二つ年上の手代であった。将棋が三度の飯よりも好きで、専門棋士になろうとしたが、そこまでの実力がなくその道では挫折《ざせつ》した男である。

以前、お香とも対戦したことがあるが、一度も勝てずに終わっている。

「あの、金治さん……旦那様を呼んできてくださらない」

「何かあったのですか？」

お香が近寄り小声で話す様子に、金治は訝しく思った。

「いいから早くしてくださいな」

首を傾げる金治をお香は急《せ》かす。

「今、旦那様はお取り込み中みたいでして、誰ともお会いなさらないかと」

「そんな悠長な……だったら、こっちに来て」

お香は言って金治を表に連れ出した。

戸板に乗った骸は、莚《むしろ》が被《かぶ》せられて姿は見えない。だが、その被せられた内に何があるかは知れる。

「ご隠居様なの」

お香が金治の耳元で、囁くように言った。

「えっ？」

驚いたと同時に、金治は店の中へと駆け込むと、商談中の番頭の耳に口を寄せて告げた。

「えっ、ご隠居が？」

失礼しますと言って、客に礼を残すと番頭は奥へと入っていった。

「どうかしたのかい？」

旗本に売りつけるという将棋盤の価《あたい》を訊《き》いてるところで、番頭が慌《あわ》てて奥へと奔《はし》っていったのだから、客が怪訝に思うのは無理もない。

常連の客である。無下《むげ》にもできず、いずれ分かることだと金治は小声で話した。

「実は、外にご隠居様が運ばれてきているのです」

「東兵衛さんが？　だったら中になぜ入ってこないのだ？」

「それが戸板に……」

乗ってきたと言おうとしたところで、奥から慌《あわただ》しい足音が聞こえてきた。

「親父《おやじ》はどこにいる？」

大声を発しながら店に出てきたのは、当代の成駒屋の主である東一郎《とういちろう》であった。痩せぎすの、神経質そうな顔をしている。

「今、表に……」

金治が言うと、東一郎は裸足《はだし》のまま土間へと下りた。そして、表に顔を出す。

「そんなところで……早く中に入れなさい」

捕り方たちに、命令口調で東一郎は言った。

なんの前触れもなく、いきなり先代の遺体が運ばれてきたのだ、成駒屋の中は、蜂《はち》の巣をつついたような騒ぎとなった。

「何があったんだ？」

外では野次馬が店を取り囲んでいる。

六

東兵衛の骸は、自分の部屋に安置され、ようやく落ち着きをみせた。

主の東一郎とも知り合いであるお香の口から、経緯が語られる。

「そんなところに親父は通ってたのか？」

不忍組娘十八人衆のくだりでは、東一郎は苦渋の表情を見せた。

お香の脇には、梅白と竜之進が並んで座っている。

「お香さん、こちらのお方は？」

「あたしのお弟子さんで、とっても将棋が弱いの」

「納豆問屋の隠居で、梅白と申します。この度は、ご愁傷《しゅうしょう》様で」

梅白は、ここにきて初めて口を開いた。

「手前はご隠居のつき人で、竜吉と申します」

「この度は、とんでもないご雑作をおかけしました」

東一郎の頭が、梅白に向けて下がった。

「いや、そんなことは……それではお香、お忙しいだろうからここらでおいとましよう」

「左様でございますね」

三人は、手を合わせて東兵衛に別れを告げると立ち上がった。

「金治、お見送りを……」

かしこまりましたと、金治が店先へと案内するその廊下でのことであった。

「金治さん……」

お香が前を歩く金治に声をかけた。

「なんでしょう？」

広い廊下である。お香と金治は横に並ぶ形がとれる。

「旦那様は、先ほどお取り込み中と聞きましたが、何かございましたの？」

お香の頭の中には、お取り込みという言葉がずっとこびりついていた。このところ、よく聞く言葉であったからだ。

「どうしてそんなことを？」

「余計なお世話かもしれませんが、ちょっと気になることがございまして……」

話しているうちに、店まで来てしまった。

お香の話は、金治も気になることであった。奥とを仕切る暖簾の前で、金治の足は止まった。

「お香さん、ちょっとこっちに来てくれないか」

金治はお香の袖を引き、めったに人の入らない部屋へと連れ込んだ。むろん、梅白と竜之進も一緒である。

「どういうことだい？　お香さん」

「ご隠居様には、二十歳《はたち》になるお孫さんがおりましたよね？」

「手前と同じ齢のですか？」

「ええ。たしか名を東太郎《とうたろう》さんとか。お一人息子でありますのでしょう？」

「左様ですが」

　金治の答え方に震えが帯びてきている。お孫と言ったときから、金治の顔色が変わってきているのを、お香は察していた。

「お爺様がお亡くなりになったというのに、どちらにお出かけなのでしょう？」

「それは、お若いですからどこかに遊びにでも……」

「金治さんは、相変わらず相手に読まれる手をお指しになるのですね」

「えっ？」

　聞きようによっては、辛辣《しんらつ》なお香のもの言いであった。

「そんな人を欺《あざむ》くような手は、すぐに見透《す》かされます。あたしは東太郎さんと会ったことはございませんが、めったに家から出たがらないお方と、以前どこかの将棋会所で旦那様から聞いたことがあります」

「ですが、最近になって、とみに外出が多くなったのも本当であります」

二人のやり取りを聞いていた梅白の顔が、真顔となっている。それでも、口を挟むことなく、耳を傾けている。

「もしかしたら、若旦那さんの外出はお爺様が行ったところと同じ……？」

金治の顔をのぞき込むように、お香は訊いた。

「……………」

金治の無言が、答であった。

「だとすると、取り込みというのは……。こちらと同じことが、あるお店でも起こっているのです。そこの若旦那様が拐かしに遭って、状況がそっくりなんです」

「どうやら、そのようなことに……」

お香の読みに、金治が仕方なさそうに小さくうなずく。

「手前らもうすうす気づいているのですが、知らぬ振りをしていました。一通の書状を子供がもってきたあたりで、それとなく。おそらく、下手人《げしゅにん》から口止めをされているのでしょう」

「やはり……」

お香の勘は当たったと、梅白の口から小さく声が漏れた。

「そのお店も、同じ方法で書状が届いたの。これは、ご隠居様……」

「うん、主《あるじ》ともう一度会う必要があるな」

金治の計らいで、三人は主東一郎の部屋で再び面会することになった。

ここで梅白は自らの素性を明かして、東一郎の信頼を得た。

書状に書かれた文体も筆跡も、大和屋のものと一部たりと違わぬものであった。

ここでも五百両の要求があった。

二人とも同じ手口で拐かしに遭っている。

拐かしに遭った若者二人に共通して言えるのは、最近になって外出が増え、不忍座に通っていることであった。

「親父が不忍座に行ったのも、娘の踊り目当てでなく東太郎を探しにでありましょう」

「おかわいそうに、あの狂乱に巻き込まれたってことですな」

「あの狂乱に巻き込まれたってことは、ご隠居さんも……?」

「えっ、まあ」

梅白は、言葉を濁した。

「それでです、ご主人」

拐かし事件の探索に首をつっ込んでいることは、すでに話をしてある。

「下谷長者町の骨董商萬石屋に手前どもはおりますから、何かございましたらそちらにお報せくだされ」

「はい、そのときは金治を差し向けるつもりです」

主東一郎から息子救出の嘆願をされ、梅白とお香、そして竜之進がそっと成駒屋の店から抜け出したときは、夕暮れ迫る刻となっていた。

途中金沢町のお香の実家に寄り、当分帰らないと両親に告げて、萬石屋に戻ったときは暮六ツを過ぎ、西の空に残光の明るみがあるだけであった。

萬石屋に戻ると店の大戸《おおと》は下《お》り、すでに夕餉の仕度が整っている。

「すまぬな、遅くなって」

「よろしいですのよ。たんと召し上がってください」

大きな体を揺さぶり、お軽は杓文字《しゃもじ》を手に取りお櫃《ひつ》のご飯をすくった。お軽の体と比べると、杓文字が小さく見える。

「旦那様は……？」

「奥様に、お粥《かゆ》を食べさせています」

「ごめんなさい。奥様の介護をすると言っておいてできませんでした」

お香は、ずっと出かけていたことをお軽に詫《わ》びた。

「いえ、よろしいのですよ」

お軽もある程度の事情は、主の市郎左衛門から聞いて知っている。だが、それを口にすることは一切なかった。

「あたしはこれで。あとは、お香さんお願いします」

遠慮したのか、賄いをお香に任せてお軽は部屋から出ていく。

食事を摂りながらの話となった。すでに千駄木から戻っていた虎八郎に、ことの経緯を話す。

「ええー、そんなことがあったのですか？」

「ああ、大変なことになっただろう」

竜之進が、驚く顔の虎八郎に苦渋こもる声で言った。

「これで、二軒の大店の倅が同時に拐かしに遭ったってことか。こんなことってあるのですかね、ご隠居」

「まあ、現実に起きているんですからね。前代未聞だとは思いますが」

考えてみれば、不可解なことはたくさんある。

「やはり、共通するのは不忍座か……」

鍵はここにあるかと、梅白は言った。

その翌日――。

朝食を済ませ、四人は不忍座へと足を運んだ。

朝の部の開演は、五ツ半からである。お天道様が、東の空に浮かんだころであろうか。まだ、世間は朝の内にあった。

木戸が開く前に、四人は不忍座の前まで来ていた。

これほど早く不忍座に行くのは、初めてであった。しかし、すでに入りきれないほどの人が小屋を取り巻いている。

「こんなに早くから並んでいるとは……」

お香が、その様を見て目を瞠る。

「これでは無理がありますな」

入るのはあきらめようと、残念そうな虎八郎の声音であった。

「早い奴は、明け六ツ前から並んでいるらしいぜ」

行き交う人の話し声が聞こえてきて、いいときに一度観ておいてよかったと、梅白は思った。

「それにしても、朝っぱらから凄い人たちね」

お香の思いは、いかに世の中には浮かれた男が多いのかという、呆《あき》れた感慨だけであった。

小屋に入るのはあきらめながらも、何か気づくことはないかと、しばらくの間は遠目で眺めていることにした。

「おいあそこ……」

竜之進が何かに気づき、顎でもって前方を指した。

南のほうから、派手な形《なり》の侍が深編み笠を被って歩いてくる。笠で顔は見えぬが、着ている衣装に、幾度か見かけた旗本であることが知れた。

その旗本を注視していると、先日見たような光景に出あった。

「どけ、どかぬか……」

威張ったもの言いが、聞こえてきそうな振る舞いであった。旗本の威光に、文句をつける者は誰もいない。

深編み笠を取り、行列を掻き分けどんどんと先頭のほうまで進んでいく。

「あっ、ずるい」

その様を遠くで見やり、お香が旗本を詰《なじ》った。

「ずいぶんと、あの旗本も好き者だな」

羨ましげな気持ちを半分心根に隠し、梅白が言ったところであった。

「あっ……」

お香は何かに気づいたか、小さくも驚く声音を発した。

「どうした？　お香」

すかさずに梅白がお香の横顔を見た。

「そうだ、あの旗本……もしかしたら……？」

お香の視線は、昇り龍が描かれた派手な衣装の旗本に向いている。その形《なり》を見て、お香の頭の中にあることがよぎった。

「あの旗本がどうかしたのか？」

梅白の問いには答えず、お香は天を仰ぎ、考えに耽っている。将棋で長考するときの、お香の癖であった。お香の思考を妨げまいと、梅白の口も閉じる。

お香はうろ覚えのことを思い出していた。聞く気もなく聞こえてきた言葉であった。その答を導き出そうとしている。

「そうだ、三千石のお旗本って話を……」

お香の脳裏に、成駒屋の店先で番頭と客が話していた言葉がおぼろげながら浮かんできた。お旗本って言葉が浮かんできただけでよい。

「旦那様、これから成駒屋さんに行きませんか？」

「かまわぬが、何かあったというのか？」

「はい」

お香が、昨日の成駒屋の店先での経緯を語った。

「そんな言葉が、話の中に入っていたような気がして……」

「それだけで充分だろう。では、竜さんまいりましょうか」

この先の様子を探るため虎八郎だけを不忍座に残し、三人は成駒屋に足を向けた。

成駒屋までは十五町あるが、梅白の足は達者であった。

七

成駒屋の大戸は閉まっている。

お香たちは、母屋の玄関口に回った。朝から弔問《ちょうもん》の客が出入りしているのがうかがえる。通夜《つや》は今夜と聞いているので、夜も来なくてはとお香は思った。

「今、この家は二重の難儀にあるのだな」

梅白が、ぽつりと呟くように言った。

裏戸を開けて、お香が成駒屋の敷地に入ると、うまい具合に金治の顔が見えた。

「金治さん……」

お香は金治に呼びかけ、番頭を呼び出してもらうことにした。

取り込みの中では、聞き込むのもはばかられると、お香は外で待つことにする。

見覚えのある番頭が、裏戸を開けて出てきた。

路地裏の、目立たぬところでの立ち話となった。

「お香さん、どうしなさったんだね？」

こんなところに呼び出してと、番頭の訝しそうな声音である。

「ごめんなさい、番頭さん。実は……」

三千石の旗本のことを詳しく聞きたいとお香は切り出した。

「ああ、あのお客さんは千手堂《せんてどう》のご主人で、その話でしたらそちらで聞いたらよろしいでしょう。お香さんはごぞんじないかな、小間物屋《こまものや》の千手堂さん。お店はここから八町ほど東に行った、富松町《とみまつちょう》に本店があります。柳原《やなぎわら》通り沿いに大きな看板が出てますから、すぐに分かると思います」

「あの方が、千手堂のご主人……」

お香も、富松町の千手堂だったら知っている。以前、両国《りょうごく》に行ったとき帰りに寄って、巾着袋《きんちゃくぶくろ》を買った覚えがあった。だが、将棋の品などを扱っているとまでは思ってもなかった。

「かなり大手の小間物屋さんで、いくつか店を出し、いろいろなものを取り扱っておられます。おそらく、大身《たいしん》のお旗本のご要望ということで、ご主人直々にお探し求めにまいったのでしょう。上等なものをお探しのときには、よく来ていただくのですよ」

そういえば、お供の小僧が一人脇にいたような気がする。

「ご主人の名は久兵衛《きゅうべえ》さんとおっしゃいます」

番頭と別れ、梅白とお香、そして竜之進の足は東へと向かう。

神田川沿いの柳原通りを東に真っ直ぐ行けば、江戸屈指の繁華街両国広小路にあたる。

番頭が言ったとおり、八町ほど歩くと千手堂の看板が見えてきた。

間口が六間と広く、北向きに店を出すものの、一間幅ある弁柄色《べんがらいろ》の日除《ひよ》け暖簾《のれん》が五枚、丸に千の字の商標を白く抜き、庇《ひさし》から地面にかけて並べて垂らされている。

「ずいぶんと派手な店だな」

軒下《のきした》にも、天地幅一尺三寸の水引暖簾が店を取り巻くように垂れ下がっている。日除け暖簾と同色に、二枚飛ばしで『千手堂』と白文字が抜かれている。

「ほんと、よく目立ちますねえ。さすが、若者相手のお店」

お香が言って、三人は店の中へと入った。若い買い物客がけっこうな数いる。繁盛振りがうかがえる店であった。

「いらっしゃいませ」

近寄ってきたのは、三十歳ほどの手代とみられる男であった。締《し》める前掛けも、弁柄色の派手なものである。

「何をお求めでございましょう？」

「いやすまぬ、買い物客ではないのだ。こちらのご主人である久兵衛さんにお会いしたくて来たのだが……」

ここは貫禄のある梅白のほうがあたりがよい。藜《あかざ》の杖《つえ》に、威厳を込めて言った。

「はあー」

しかし、手代の反応は首を捻《ひね》るものであった。

「いかがなされたかな？」

手代の態度を訝《いぶか》しく思い、梅白が問うた。

「今旦那様はお取り込み中でございまして……」

手代の言葉に、お香と梅白は顔を見合わせた。ここでも取り込み中という言葉を耳にする。

「何か、お困りのことでも？」

「いったい、どちら様でございましょう？」

梅白の問いを、余計なお世話と感じたか手代の声音が、尖《と》がるものとなった。

「水戸の梅白という者だが。成駒屋さんのご紹介でこちらに五百両もする将棋盤があると聞いての……」

こんなところでぐずぐずしてはいられないと、梅白は方便の口調に貫禄を示した。

「五百両ですか？　それはずいぶんとご立派な。しかし、当方ではそんな高価なものは。ご覧のとおり、若者相手の雑貨屋でございますから」

「五百両の商談であるぞ。だから主人と直々話をするのだ。つべこべ言わんと早くしてくれぬかな」

「ちょっと、お待ちくださいませ」

五百両の商談と聞いて、手代の口調はにわかの柔和となって奥へと引っ込んでいった。

「五百両ぐらいのことを言わなくては、通じないだろうからな」

梅白は、お香に向けて片目を瞑《つむ》ってみせた。

「そのご老体、五百両と言っておったか？」

「はい、そんな価の将棋盤を……」

――いや、将棋盤ではあるまい。

五百両と聞いて、主久兵衛には思うところがあるらしい。

分かったから連れてこいと手代は言われ、梅白とお香、そして竜之進の三人は、主久兵衛の部屋へと案内された。

五十歳ほどの恰幅のいい久兵衛を、お香ははっきりと覚えている。

「お手前ですか、五百両の将棋盤をお求め……おや、あんたは？」

梅白を相手にしていて、久兵衛の顔はお香を向いた。

「きのう、成駒屋さんで。あっ、成駒屋さんのご隠居さんを……」

「そうです。昨日はどうも失礼しました。それで、実は……」

高価な将棋盤を求めている三千石の旗本のことを聞きに来たと、お香は正直に言った。

「何か、お取り込み中とお聞きましたので、五百両と、方便を言わなくてはお会いできないものと……」

申しわけなかったと、梅白は深く頭を下げた。

「なぜに、お旗本のことを？」

「ある事件のことを捜っておりましてな、もしかしたらその旗本が関わっているのではないかと。実は手前……」

梅白は、隠していてはかえって面倒くさいといきなり身分を明かした。納豆屋の隠居などと、悠長なことを言っていたら、ときを失うとの思いであった。しかも、これから三千石の旗本を相手にしなければいけなくなるかもしれないのだ。

その証にと、懐《ふところ》から守り袋を取り出した。金糸で水戸家三つ葉葵の刺繍《ししゅう》が施されている。

「これは、ご無礼をいたしました」

久兵衛は畳に拝すると、額《ひたい》を擦《す》りつけた。

「いや、頭を上げてくだされ。この場では、世を忍ぶ仮の姿である納豆屋の隠居として応対してくださらぬか。これは願いでもありまする。こちらの身分はお忘れくだされ」

「手前は、ご隠居のつき人であります竜之進と申しまする。もう一人、虎八郎というのがおりますが、別のところをあたらせております」

「あたしは、ご隠居さんの将棋指南役……ご隠居さんはとっても将棋が弱いの」

「これお香、余計なことを」

「えっ、あなたがお香さん？」

「ごぞんじで？」

「知るも知らないも、将棋好きならお名前ぐらいはぞんじてますよ。へえ、あなたがお香さんでしたか」

お香を目にして、久兵衛の顔もほころびをもった。だが、すぐにその顔は深刻なものへと戻る。

「今しがた、ある事件と言っておられましたがどのようなことで？」

「おや、ご主人にはお心当たりがおありで？」

逆に梅白が訊き返す。

「………」

言いづらいのか、久兵衛の顔が下を向く。

梅白はふと思った。

──まさか、五百両という言葉でもって会う気になったと。

「ご主人は、五百両という額《がく》に何か覚えがあると？　それは、身代金とか……」

「えっ？」

久兵衛の顔が上を向いて、梅白は確信をもった。

「図星《ずぼし》のようですな」

梅白は、お香と竜之進のほうを向き小さくうなずいた。お香と竜之進も同じ動作で返す。

「実は、ある事件というのは、拐かしでありましてな……」

梅白は、これまでの経緯を要約して話した。

「そうしますと、成駒屋さんの若旦那も」

「もしかしたら、こちらのご子息さんもですか？」

「はい。倅の久太郎《きゆうたろう》は、下谷広小路で人気がある不忍組娘十八人衆に入れ込んでおりまして、数日前も朝早くから出かけたのですが、そのまま帰ってきません。いつもなら、暮六ツまでには戻るのですが。それで、二日ほど前……」

こんな書状がと言って、久兵衛が手文庫の中から取り出したのは、大和屋と成駒屋に届いたものと、そっくり同じ文面であった。

「どこもまだ受け渡しの場所までは指定されていないが、その書状も、そのうちに届くでしょうな」

五百両の身代金までは同じである。五百両の将棋盤という方便が効を奏したのだと、梅白はこのとき思った。

これで三人の若者が拐かしに遭った。その陰に、派手な形《なり》の旗本が見え隠れする。大和屋に出入し、不忍座にも通い詰める。成駒屋で卸す将棋用具一式を、千手堂で購入すると、いろいろなところで絡んでいる。ここまでくれば、はっきりと関わりがあるものと見て取れる。

先だって、お梅茶屋で話をしていた若者はさておいて、あの旗本から捜るのに不都合なことはなかろうと、梅白とお香、そして竜之進は心持ちを強くした。

「ところで、久兵衛さん」

「はい……」

「その旗本というのは、どのようなお方でしょうな」

「それはもう、派手な身形のお方でして……」

「……やはり」

久兵衛の言い出しに、三人は得心をして大きくうなずく。

「退屈などと申しておりましたでしょう」

「よくごぞんじで。『身共は退屈なる旗本よ』などと、よくおっしゃってました。それで、閑《ひま》を潰《つぶ》すために、将棋を覚えたいとのことです」

「ちなみに、お幾らぐらいのものをお求めになったのですかな？」

「将棋盤、将棋駒、駒台……〆《しめ》て百両といったところですかな」

「百両もするのですか？」

「ご隠居様は、先ほど五百両と……」

「あれは、方便ですから」

「百両で凄いなんて驚いてはいけませんぞ。世の中には、千両二千両もする将棋盤がありますからな」

「誰がそんなので、将棋を指すのだ？」

「さあ、どなたでございましょうねえ」

「そんな将棋盤でお金将棋などやったら、ばちが当たるな」

「ご隠居様……」

話を先にと、お香が梅白の袖を引いた。

久兵衛の話から、その旗本は早川主水介《はやかわもんどのすけ》と言って、三味線堀《しゃみせんぼり》近くに居を構えているとまでが分かった。

三味線堀界隈は、大名屋敷と旗本屋敷が集中する武家の町並みである。入り組んだ道に無数にある武家屋敷の中から目当ての家を見つけるのは至難の業であった。

派手な旗本の、名が知れただけでもここはよしとすることにした。

「ちょっと遠いですが、手前どもは下谷長者町の骨董商萬石屋さんにおりますので、何かございましたら……」

「えっ、萬石屋さんですと?」

「ごぞんじで?」

「先だってのこと、萬石屋の番頭さんが見えまして、古い簪《かんざし》を一本購入なされました。何か、吉原の高尾太夫が挿していたものとかなんとか言っておりましたが、それらしいのを見繕《みつくろ》って差し上げました。ええ、あの番頭さんは古い品物を求めに、よく来るのですよ」

若者相手の小間物屋で、骨董屋が客から頼まれた品物を調達しているのかと、聞いていたお香は呆《あき》れかえる思いとなった。なんとなく、宮本武蔵の木剣の胡散臭さが思い知れる。

「旦那様、直々に？」

「ええ、何もなければ手前も店に立っていることが多いですから」

「その簪もおそらくですが、早川というお旗本がお求めになっているものと思われます」

お香の話に、久兵衛は目を瞠る。

「そこまで、お調べに……？」

「いえ、偶然知っただけでございます」

いよいよ早川主水介と縁が深くなったと、梅白は思った。

第四章　捨て駒の行方

一

派手な身形《みなり》の旗本の名を知って、三人はとりあえず萬石屋に戻ることにした。

庄吉に、訊きたいことがあったからだ。

「それが、あの日から一度も来てないのですよねえ」

あの日とは、お香と竜之進が派手な形《なり》の旗本とすれ違った日である。そのとき、旗本は簪《かんざし》を注文した。

「なんででしょうね？」

庄吉の、傾《かし》げる首にお香は訊いた。

「いえ、分かりません。番頭さんが、どこかからせっかく仕入れてきたってのにどこで仕入れたのか分かるお香は、袂《たもと》で顔を隠してくすりと笑った。

「ちょっと待っててください」

帳場にある机の引き出しから、庄吉は桐の箱にしまわれた簪をもってきた。

「これなんですがね」

桐の箱の裏書には『高尾太夫　簪』と記されてある。開けると、袱紗《ふくさ》に包まれた鼈《べっ》甲《こう》の簪が一本出てきた。袱紗は吉原の遊郭《ゆうかく》三浦屋《みうらや》の家紋である下がり藤が白く抜けている。三種の、もう一つの証である書状が小さく折り畳んである。そこには『新吉原三浦屋花魁高尾太夫使用簪』と、崩《くず》し字で書かれているのでまともには読めはしない。下のほうに、おざなりの落款《らっかん》が色を添えている。

「実を申せば、簪よりも入れ物のほうに値が張っているのでは……」

ございませんかと、庄吉は正直なことを言う。

「おそらくそうでありましょうな」

梅白は、仕入先のことを隠して言った。そこでお香が訊く。

「ところで庄吉さん。その派手なお武家さんの名を聞いてない？」

「それは、ご予約ですからもちろん。えーと、ちょっと難しい名ですので……」

と言って、庄吉は再び帳場に戻った。そして、台帳に目をやると忙《せわ》しく戻ってきた。

「このお方です」

台帳の、庄吉が指すところをみると『三浦甚太夫《じんだゆう》』と書かれてある。

「あれ？　名が違いますねえ」

住居は『江戸町《えどちょう》一丁目』としてある。

「庄吉さん、これ出鱈目《でたらめ》じゃないの？」

「えっ、どうしてですか？」

「それはだな……」

吉原のことは任せとけとばかり、梅白が一歩進み出た。ひとしきり、書き付けの胡散臭さを説いて、庄吉を納得させた。

「江戸町ってのは吉原の中にあるのですか」

「それと、あの旗本は三浦甚太夫という名ではないのよ」

お香の説にも、庄吉は目を丸くしている。出鱈目の注文であることが、はっきりとした。

「それにしても、酷《ひど》い人がいるのですね。なんでこんなことを？」

酷いのは、お互い様だろうと思っても口には出さないお香であった。

なんでこんなこととは、こちらが知りたいところだと、梅白は思っていた。

「……名を偽《いつわ》ってまで、注文を出すとはちょっと解《げ》せぬな」

梅白の呟きであった。

「おそらく、この簪は誰も取りに来ないでしょうよ。それにしても、これを幾らで売りつけようとしたの？」

「三両で……」

だったら、さほど阿漕《あこぎ》でないとお香は思った。卸値は一分と聞いている。そのぐらいの利ざやはどこでも取るだろう。それに、桐箱や袱紗の元手がかかっている。

「売り方はいい加減だけど、根が正直なのね。だけどやはり贋作《がんさく》はいただけないわ」

「それでいいと、相手の方が申したもので」

庄吉の答で、この件はこれまでにしようとお香は話の先を変えた。

「ご隠居様、あの旗本は、萬石屋さんには別の用事があって来たのではないでしょうか？」

「別に？」

「はい、高尾太夫の簪とは咄嗟《とっさ》に思いついた口実で……」

「だとすると、なんの用事であろうかの？」

梅白が、顎鬚《あごひげ》に手をやり考えたところであった。

「ごめんくださいまし……」

購買客らしからぬ挨拶をして入ってきたのは、お香も竜之進も見覚えのある顔であった。

「手前どもの主人がお香さんにお話があると申しますので、できましたらすぐにでも」

大和屋の手代が、お香の顔を見て言った。

店先で話をしていたので、手代は直《じか》にお香に告げることができた。そのせいか、ほっとした顔をしている。

「ご隠居様……」

「いいからすぐに行っておあげなさい」

それではと言って、お香は手代と共に二町先の大和屋をめざした。

「旦那様、お連れいたしました」

「おお、そうか。いいからお入りなさい」

手代が襖越しに声をかけると、中から七郎二郎左衛門の声が返ってきた。

失礼しますと言って、お香が襖を開けると上座に、金糸銀糸で織られた羽織袴を着込んだ、派手な形《なり》をした身分の高そうな武士が座っている。四十も半ばだろうか、丸顔ででっぷりとした体格の武士であった。座る脇に、白柄《しらつか》の大刀が置いてある。

お香は一歩部屋に入ると、正座をして拝した。

「すぐに来てくれてよかった」

七郎二郎左衛門が、ほっとした様子で語りかけた。

「お迎えが来たとき、ちょうどいたものですから」

「そうか、それはよかった。それで、こちらにおわしますお方は早川主水介様と申されて……」

早川主水介はお香の思っている武士とは、派手な身形は似ているものの、顔と体格はあきらかに違っていた。月代《さかやき》も剃《そ》ってある。

――えっ？

お香は驚愕した思いとなったが、それを顔に表すことはなかった。何ごともなく心根を隠しおおせるところは、勝負師のなせる業である。

「こちらが、お香さんと申しまして将棋の指南役……」

「おお、そなたがお香か。こんなに若くて綺麗な娘だと思わなんだぞ」

主水介の好色な目が向いたが、お香は気にするまでもなかった。男と将棋を指すたびに、このような目には馴《な》れている。あの背中に感じていた視線とは違うものであった。

「それでな、お香さん。この早川様が将棋を覚えたいと申してな、それで勝手ながらあんたを紹介したのだが」

「左様でございましたか」

お香の声は小さいものであった。

「どうした、あまり気が進まんようだが」

七郎二郎左衛門が、お香の乗り気のなさを感じて言った。

「遠慮することはない。思うところがあったら、なんなりと申すがよいぞ。そうだ、わしは老中直属の作事《さくじ》奉行を仰せつかっておる」

「えっ、作事奉行様……三千石のお旗本？」

「三千石とはよく知っておるな。左様、家禄はそれほどだ。して、身共は徳川譜代の旗本である」

作事奉行とは、あまりにも身分が高い。そんなお方の申し出を断ってはと、お香は引き受けることにした。

「かしこまりました。よろこんでお引き受けいたします」

三つ指を畳について、お香は拝した。

「何ぶんわしは、将棋はずぶの素人《しろうと》でな。非番の退屈なときに来てもらって指南してもらえぬか？」

「かしこまりました。それで、非番の退屈なときと申しますのは？」

「明後日《みょうごにち》、新しく手に入れた将棋の一式が届くはずだ。そのあとの非番だと四日後であるかな。やのあさっての夕七ツ……遅くなったら家来に送らせるから心配せぬでよいぞ。その刻《とき》に来てもらいたい」

かしこまりましたと、お香は三たび頭を下げた。

「それで、お屋敷はどちらに……？」

三味線堀近くと、千手堂の久兵衛から聞いている。しかし、お香は知らぬ振りをして訊いた。

「三味線堀を知っておるか？」

「はい、あたし……いえ、わたしの家からはさほど遠くは。ですが、あのへんはお武家屋敷ばかりですので、あまり足を踏み入れたことはございません」

「大名屋敷や武家の屋敷が無数にあるからな。よし、端《はな》は家臣を迎えに差し向けよう。

下谷長者町の萬石屋にいると申したな」

「はい、左様でございます。そうしていただけると、ありがたいです」

作事奉行である早川主水介の将棋指南役になることとなって、お香は大和屋をあとにした。

「……早川様は、こちらが思っている旗本と違っていた」

独《ひと》りごちながら、お香は梅白たちの待つ萬石屋へと戻る。


「いかがな話であった？　大和屋さんは」

帰りを待ち焦がれていた梅白は、お香が戻ると開口一番に訊いた。

萬石屋の店先である。庄吉が昼餉を摂る間、梅白と竜之進は店番を任されていたのであった。

「それが、ご隠居様。驚いたの驚かないの……」

「ほう、そんなに驚いたか」

「大和屋さんにうかがいましたら、なんと早川主水介様がおられまして」

「なんと、早川が……」

隣に座る竜之進が、早川の名を呼び捨てにして言った。

「ええ。ですが、こちらで簪を求めたお方で、不忍座に通うあの方とはまるで別な人だったのです。派手な衣装はいっしょですが」

「そうか。旗本ということと、派手な衣装ということだけで、こっちは勝手に同一人と思ってしまったのだな」

「それとご隠居様。早川様は三千石の家禄で、作事奉行様ということです」

「なに、作事奉行だと？　それはずいぶんと大身《たいしん》であるな」

「それで、退屈しているときに将棋をと……」

「作事奉行はそんなに閑だとは思えんが。しかし、そんな言葉でもっても、惑《まど》わされていたんだな」

とんだ不覚と、梅白は臍《ほぞ》を噛む思いとなった。

一連の拐かし事件に、三千石の旗本が関わり合っていたとの読みは、脆《もろ》くも崩《くず》れ去り梅白とお香、そして竜之進の肩ががっくりと落ちた。

「また、歩《ふ》に戻るようだな」

梅白が、廻り将棋を引き合いに出して言ったそのときであった。

「いかがなさりました、みんなしてそんなしょげた面をしなさって」

言いながら萬石屋の店先に入ってきたのは、虎八郎であった。

「なんだ、虎さんか……」

「なんだ虎さんか、はないでしょうに、ご隠居」

「それで、いかがした不忍座は？　それにしても、ずいぶんと長い間見張っておった
な」

不忍座の前で別れ、すでに二刻以上が経っていた。

この二刻で、いろいろなところをめぐって歩いたが、徒労であったと梅白の体に疲
れがどっと宿っての、虎八郎との相対であった。

「それで、あの旗本ですが……」

それはもういいのだと、梅白は言おうとしたが言葉を止めた。せっかく虎八郎が捜《さぐ》
ってきたことである。聞くだけは聞いてやろうと、憂鬱《ゆううつ》ではあるが気持ちを変えた。

「あの旗本が、いかがした？」

「芝居が跳ねまして、旗本のあとを尾《つ》けていきました。どこに戻るのだろうかと
……」

「そうかい、それはご苦労だったな」

投げやりな心が、虎八郎に伝わる。

「なんですか、ご隠居。どうも、先ほどから人の話を聞く気のないような」

「ちゃんと聞いております。いいから話しなさい」

「それが、三味線堀近くの……」

「えっ、三味線堀だと？」

俄然《がぜん》、虚ろであった梅白の目に光が宿った。お香、竜之進の表情もしかりである。

「いかがなさりました。たったそれだけのことで？」

「それで、どんな屋敷に入っていった？」

梅白が、もしやとの思いで訊いた。

「それが、さほど大きな屋敷ではなく……そうですな、家の構えからして五百石取りがせいぜいかと」

――ならば、作事奉行の役宅ではなかろう。

梅白は、早川とかいう作事奉行と、虎八郎が尾《つ》けていった旗本とは関わりないと踏んだ。

「旗本同士は、関わりがなかろう」

梅白の言葉に、竜之進と虎八郎はうなずいたが、お香だけは別の考えをもっていた。つながりは分からない。ただ、三味線堀と一致しただけで、なんとなく結び目を感じていたお香であった。だが、根拠は分からない。お香の、勝負師としての勘であった。

客が来ていても、四人は話に夢中になっていた。

「まったく、客が来てんのも知らねえでくっちゃべってばかりいやがら、あの店番たちは。客をうっちゃらかしやがって、けえるべ」

客を三人ほど逃したのも知らず、手伝いの店番たちは夢中で話をつづけていた。

「お留守番、ご苦労さまでした」

奥で昼餉《ひるげ》を摂《と》っていた庄吉が店に戻ってきた。

「お客様は来られましたか？」

「いや、お一人も……」

来なかったと、梅白が何気なくも言った。

二

虎八郎に、この日のことを告げねばならないと、店番は庄吉に任せ、四人は店の片隅でさらに話し合った。

「なんとなく、三味線堀というのが気になるの」

お香が、自分の勘どころを語った。

「しかしなあ、三味線堀の近くというだけで、二人の旗本が関わりあるというのはかなり早計な話だ」

梅白が、お香の勘を遮《さえぎ》るように言った。

「片方は作事奉行でありますからね」

竜之進が、梅白の考えに追従《ついじゅう》する。

「しかも、もう片方は不忍組に入れ込んでいる小普請組《こぶしんぐみ》だ。どう考えても、結びつくとは思いませんね」

重ねて虎八郎が同調する。

「うーん」

お香だけが腕を組み、うなり声を発して思案に耽《ふけ》っている。

将棋でも囲碁でも、棋士というのは先の手を読むのは然り、以前に指した手をいとも簡単に並べ返すことができる。それも、数十局も暗記しているのだというから記憶力は抜群である。今、お香はその才能を駆使しているところであった。

「お香……」

「虎さん、話しかけるでない」

お香の熟考を妨げようとした虎八郎を、梅白は袖を引いて止めた。

「……あのつけ文は誰の手のもの」

首を捻っては、呟きが漏れる。どうやらお香と三軒の店にもたらされた書状あたりを考えているらしい。

「……困った、弱った、どうしよう。分からない」

「どうした、お香？」

「いや、竜さん」

苦渋の顔のお香に、竜之進が心配そうに声をかけようとするのを、梅白が首を振って止めた。

「あれが、対戦のときに出るぼやきというものじゃよ。二人とも、先だっての勝負でお香から仕込まれたろうに」

以前、竜之進と虎八郎の似非《えせ》の将棋対戦で、そんな演技をお香から仕込まれたことがあった。

「なるほど……」

「今、お香は次の一手を考えているのだろうよ。少し黙って見ていなさい」

梅白が小声で竜之進に話しかけたそのとき――。

「ごめんください」

と言って、店に入ってきた男がいた。

「いらっしゃいませ」

庄吉が機嫌のいい声を出して、客を迎え入れた。

「こちらに、お香さんというお方が……」

店の客でないことを知って、庄吉の顔から機嫌のよさが消えた。

「あそこにおります。お香さん、お客さんですよ」

思考が妨げられたお香は、庄吉のほうを向いた。気づくと、成駒屋の手代金治がいる。

「あら、金治さん」

お香のほうから金治に近づいていった。

梅白たちも、金治のほうを向いて軽く会釈をする。なんの話がもち込まれたのだろうと、三人も金治の近くに寄った。

「ご隠居様、昨日はどうも……」

「大変でございましたな。お取り込みのところ、何かございましたかな？」

「はい、こんな書状が届きまして……」

金治は懐《ふところ》に手をやると、見覚えのある書き付けを梅白に渡した。

「庄吉さん、ちょっと部屋に戻るけどよろしいか？」

「はい。そこに大勢していられると、かえって邪魔ですから」

庄吉の許しを得て、梅白たちが泊まる部屋へと金治を案内した。

「これを、ご隠居様たちにお見せしろと主《あるじ》の言いつけで」

左様ですかと、梅白は書状を手に取るとおもむろに開いた。

やはり、前と同じように蚯蚓《みみず》ののたくったような、仮名だらけの汚い字であった。

この下手人《げしゅにん》は、お香への恋慕ももっている。

——下手人は、あたしがこの事件に関わっていると、知っているのかいないのか。

ここが読みどころであるとは、お香は先ほど来《らい》より考えていた。

あのいやな視線は拐《かどわ》かしの一味であることはほぼ間違いないと、お香は結論づけている。だが、それが誰かとまでは、お香もはっきりとは言えずにいた。

梅白が、汚すぎる文字を読むのは億劫と、竜之進に手渡した。

とういちろうさま

ご士息のとうたろうどのを

帰して干しければ　ふくろにいれて
五百両をあさって戌のこく　かんだがわをわたった
新橋のきょうきゃくのたもとにおいといてちょうだい
だれにもいっちゃだめよ

「神田川に架《か》かる新橋《しんばし》か」

筋違御門からおよそ八町下流に架かる橋が新橋である。

「新橋ならば、千手堂の近くであったな。どうも、あの弁柄色《べんがらいろ》が目に焼きついている」

梅白が、千手堂の派手な暖簾《のれん》を思い出して言った。

「あさっての戌《いぬ》の刻《こく》か。五百両と新橋と戌が、まともな字で書かれているな」

「間違えないようにとの配慮でしょう」

竜之進が、苦々《にがにが》しい表情を浮かべて言った。

「どこまで、人をおちょくっているのだ。馬鹿にしおって」

虎八郎が、吐き捨てるように言う。

「あさっての、宵《よい》五ツか。暗い中での受け渡しであるな」

「神田川を渡った橋脚とも……となると、向柳原《むこうやなぎわら》のほうね」

お香が、土地勘のあるところを披露した。

柳原通りから橋を渡ると、そこは佐久間町《さくまちょう》である。さらに、その先を真っ直ぐ行けば三味線堀にあたるとお香は言った。

「ほう、三味線堀か」

お香の話に、梅白は小さなうなずきを見せた。

下手人は土手《どて》を下りて橋脚の袂《たもと》に五百両を置けという。

「下りられるのか、あんな土手を。渓谷みたいな川だからな」

つい先刻歩いたところで、周りの景色は梅白の脳裏にもまだ残っている。

「船頭が上り下りする階段がありますので」

これには、成駒屋の金治が答えた。

なるほどと、納得して梅白の顔は金治に向いた。

「それで、ご主人はなんと言っておられます？」

「むろん、用意してもって行くと。手前はその役目を仰《おお》せつかっています」

「これは、竜さん虎さんの出番となるな」

相手に気づかれぬよう、竜之進と虎八郎が見張るという。

「そこで、身代金を取りに来たところをとっ捕まえてやれば……」

「まだ人質がおるのですぞ。そこで、捕まえたらあとの者が危うくなるのが分かりませんかな、虎さんには」

「左様でございました」

虎八郎が、頭のうしろをかきながら言った。

「どこに行くかあとを追えばよろしいのですな？」

「そういうことです」

——この人たちに、任せておいてだいじょうぶなのか。

と、三人の話を聞いていた金治は、そのとき密《ひそ》かに思った。

金治が帰ってから、その四半刻後であった。

今度は、新橋の近くにある千手堂の主人久兵衛が直々に、萬石屋をたずねて来た。

やはり、成駒屋と同じく書状を手にしている。

文面を読むと、内容はほとんど同じである。ただ、五百両の渡し場所だけが異なっている。場所は鳥越川《とりごえがわ》の稲荷橋《いなりばし》と指定してあり、刻は成駒屋とまったく同じであった。

「こいつは弱りましたな」

梅白の苦《にが》りきった言葉となった。

「鳥越川の稲荷橋とは、どのあたりにあるのでしょうな？」

梅白たち四人は、初めて聞く橋の名であった。

「鳥越川は三味線堀からの流れで、稲荷橋は浅草御蔵《あさくさおくら》の近くにあります。川幅が三間ほどの堀ですな」

鳥越川は浅草御蔵の下ノ御門《しものごもん》に流れる堀で、稲荷橋は蔵前通《くらまえどお》りから、一町上流に架かる橋だと久兵衛は説いた。

「同じ刻に、別の場所か……」

梅白にお香、そして竜之進と虎八郎はまたまた思案の縁に追いやられた。だが、憂いはさらに、久兵衛が戻ったあとの四半刻後にもたらされる。

「竜さんと虎さんが分かれて行くか？」

「それしか、方法がないかと……」

身代金の渡し場所が、同時刻に二個所となって考慮している最中であった。

「ご隠居様宛に、大和屋さんのお使いの方がみえましたが」

庄吉の声が、思案する耳に聞こえてきた。

お香が迎えに店先に行くと、大和屋七郎二郎左衛門の使いはお房であった。

「旦那様がこれをと……」

お房が差し出したのは、これも書状であった。

「いいから、上がって……」

お香は、お房を梅白たちのいる部屋へと案内した。

挨拶もそこそこ、書状を開く。

「なんとこれは、ご隠居」

書状を読んだ竜之進が、頓狂な声を出した。

「なんともこれは、いやはや弱りましたな」

困惑する梅白の様子を見て、お房の眉間《みけん》に不安そうな皺《しわ》が寄った。

「今度は、三味線堀の……なんて読むのですかなこの字はご隠居」

輔軫橋と漢字で書かれている。竜之進はその字が読めず、梅白に訊いた。

「これはまた、難しい字だな。お香は知っておるか？」

「はい、それでしたらすけしん橋ではないかと。以前、三味線堀に架かる橋と聞いてますから」

「それにしてもずいぶんと、難しい字を書きますな」

「だからだ。奴らの惚《とぼ》けたところが不気味なのじゃよ」

同じ時刻に、身代金の渡し場所は三個所となった。

「これでは、手も足も出せんな」

苦渋の声が、梅白からついて出る。

「ご隠居様……」

お房の不安そうな顔を見たお香は、梅白のぼやきに首を振った。

「いや、だいじょうぶだ、お房さん。わしらに任せておけと、帰ったらご主人に伝えてくださらぬか」

梅白が胸を叩くも、心配げな表情を浮かべて、お房は帰っていった。

三

さらに事態は深刻な状態となった。

戌の刻という深夜に、一人で行動できるのは竜之進と虎八郎だけである。同時刻に、三個所ともなれば、手が足りない。

「仕方がない。この際わしも出向いて、どこかを見張りますかな」

「いや、ご隠居。それは……」

なりませぬと、梅白の決心に異を唱えたのは竜之進であった。

「しかしなあ竜さん、そうでもせんと……」

「ご隠居様」

梅白の言葉を制し、お香が口を出した。

「どうした、お香」

「でしたら、竜さん虎さんが見張るのは一個所でいいかと」

「どうしてなのだ？　お香」

「下手人は三人以上。それらが手分けをして、身代金を取りに行くものと。ですから、一つところを見張り、その者だけを追えば……」

「よいのであるとな。さすがお香だな、おまえたちもこれだけの意見を述べなさい」

「はっ」

と、声をそろえて竜之進と虎八郎は恐縮をする。

「となると、どこを見張ればよいであろうか」

梅白が、お香に問うた。

「三味線堀のなんでしたっけ、すけ……」

それを、虎八郎が答えようとするが、橋の名が出てこない。

「輔軫橋です」

「そう、その橋が一番よろしいかと」

虎八郎が、珍しく意見を言った。

もし、この事件に旗本が関わっているとすれば、三味線堀に近い旗本屋敷に戻るはずである。三人の人質は、そこにいると言うのが虎八郎の説であった。

「そこが、虎さんが尾《つ》けていった旗本の屋敷であれば、もう間違いはない。なるほどのう」

まさしく妙手だと、四人の手はずが決まったのだが、それが勝手読みと思い知らされたのはそれから二日後の、戌の刻後であった。


二日後の、宵五ツ——。

頼れるのは、半月が照らす月明かりだけである。

宵五ツを報せる鐘《かね》が、遠く上野は寛永寺のほうから聞こえてきた。野犬がうろちょろするだけで、人の通りは途絶えている。

武家屋敷が集まる土地柄である。昼間でさえ、人の往来は少ない場所だ。

上野不忍池から、忍川となっての流れが、三味線の棹《さお》の形をした三味線堀へと注がれる。その南端に架かるのが、輔彰橋である。そして、三味線堀から出た流れは鳥越川となって、やがて大川に注ぐ。

すでに、大和屋七郎二郎左衛門の直々の手で、五百両の身代金が輔彰橋の橋の袂に置かれている。

川端に植わる柳の陰に隠れ、竜之進と虎八郎は下手人の到着を待った。

五ツの鐘が鳴ってから、四半刻が経つ。

「なんだか来る気配がないな」

闇の中にあっても、どうにか月の明かりが人の気配を感じさせてくれる。

誰かが、橋の袂に下りるだけでよいのだ。その後はあとを尾け、行き先が知れればそれでよし。さすれば翌日にでも梅白が乗り込み、少し懲《こ》らしめてから威光を示せばよい。そんな手はずを組んでいたのであった。

竜之進は右岸、虎八郎は左岸に目を凝らしている。

そして、さらに四半刻が経つも一向に現れる気配がない。その間、三人ほど輔彰橋を渡ったが、みな侍の形《なり》をした酔っ払いであった。

そして、さらに四半刻が経った。あと、四半刻も経てば、夜四ツとなって八百八町の木戸が閉まる刻となる。

「それにしても、来ないな。いったいどういうわけだい、竜さん」

「俺に訊かれても知らんよ。それより、あと半刻ほどで木戸が閉まるぞ」

「五百両もの金を放っておくのか？」

「どうしようか、今それを考えているのだ」

声を押し殺しての、二人の会話であった。

「困ったな……」

と、虎八郎が苦渋の声を発したところであった。

「おい、なんの音だ？」

二人の耳に、櫓《ろ》が水をかく音が聞こえてきた。

「あれは、船頭が舟を漕《こ》ぐ……」

音だと、竜之進が言ったときには遅かった。

鳥越川から来た猪牙舟は、輔軫橋の下を潜り、すでに三味線堀の、およそ十五間と広くなった堀幅の中ほどへと進み、やがて闇の中へ消えていった。

水の上は、人の足で追うことはできない。しかも、船足は速かった。昼間ならば、堀沿いを追ってどこに行きつくかは分かるのだが、夜の闇の中で、それは叶うことでなかった。

失意のうちに、竜之進と虎八郎は下谷長者町の萬石屋へと戻った。

「申しわけございません……」

しくじりましたと、二人は梅白とお香に向けて平伏している。

「いや、仕方がない……」

梅白が、二人の失態を宥《なだ》める。

「まさか、舟で動くとは思いませんでした。あたしの読みが、浅かったのです」

お香が、自らを責めた。

「今考えれば、すべてが橋の袂《たもと》であったからな。舟で動くことも考慮に入れておけばよかった。これは、わしの迂闊《うかつ》でもある」

それぞれが、自らの責を感じている。

「神田川のどこかで待機していたのだな」

新橋から柳橋《やなぎばし》を潜《くぐ》り、大川に出て遡《さかのぼ》ってから鳥越川に入ると稲荷橋で金を拾い、そして三味線堀まで来た。

「その後はどこに着いたか分からぬが、おおよそそんなことであろう」

と、梅白は読んだ。

「いずれにしても、これで三味線堀の近くであることは間違いのないところだ」

「ですが、ご隠居」

「なんだ、虎さん」

「手前が尾けていった旗本の屋敷とは、舟の行った方向が違うようでして。もし、そうだとしたら、輔軫橋で舟を降りてませんと遠くなります。しかし……」

躊躇《ちゅうちょ》なく舟は三味線堀を遡《さかのぼ》って行ったと、虎八郎は言った。

三味線堀に沿って、秋田藩佐竹家《あきたはんさたけけ》の上屋敷がある。その南側にあたるのが、輔軫橋であった。虎八郎が昼間尾けた旗本の屋敷は、佐竹家よりもさらに南側にあると添える。

「なるほどな。となるとやはり、あの旗本とは関わりがないと……嗚呼《ああ》、面妖《めんよう》なことになりおったな」

嘆いていても仕方がないと、次の手を考えるもよい思案が浮かばぬうちに夜は更けていく。

その翌日――。

朝から四人は、詫《わ》びの行脚《あんぎゃ》に歩くことにした。

大和屋、成駒屋、千手堂と順に歩き、ことの経緯を話した。

それぞれ、ほとんど異口同音の相対となった。

みすみす五百両を盗られ、下手人をつかめなかったことに、不満を言う主人はいなかった。見張っているのを気づかれなかったということに、一様に安堵した様子であった。

しかし、五百両をもって行かれたというのに、今のところ三人の息子たちは戻ってくる気配はない。さらに三人の主たちにはみな同様の憂いが募っていた。

「――五百両も差し出したのに、倅《せがれ》が戻ってこないなんて……」

これには梅白たちも、大きく首を捻った。

「すぐに、戻って来るものと思われたが。となると、もしや……」

そのあとの言葉は、到底《とうてい》主たちの前では言えるものでなかった。

「となるとと、申しますと？」

それでも、主たちからの問いがかかった。

「いや、案ずることはございませんよ」

と、慰めを言うよりほかはない。しかし、それで得心《とくしん》したかどうか、そのたびに、三人の主の肩はガクリと落ちていた。

三軒の行脚を終えて、萬石屋に戻った梅白から憤りの言葉が口をついた。

「まったく卑劣な奴らだ」

「それにしてもご隠居、人質が戻らないというのは解せませんな」

「いや、竜さん。あのとき『――となると』と申したであろう。あれは、そのあと口封じで……」

「殺されたと、言われようとしたのですか？」

「そこまでは、絶対に親の前では言えぬであろうよ」

だが、梅白の心根は最悪のことを想定していた。

「はい、到底言えぬでありましょうな」

竜之進が得心をしてか、小さくうなずきを見せた。

「まずいことになりおった」

がっくりと、肩を落として梅白は苦渋の声を漏らした。

その後、息子たちが戻ってきたとも、殺されたとも、報せはどこからも届いて来ない。

それからというもの、梅白は責の重さを感じて、五歳は余計に老けたように萎《しお》れていた。

「――嗚呼、わしらが余計な手出しをしなければ」

この数日、梅白の口からはこんな言葉しか出てこない。

「ご隠居様のせいではございません」

と、お香が慰めても、ふぁーと大きなため息が返るだけであった。

食欲も失せている。

「たんと召し上がりませんと……」

お軽に言われても、うなずくだけで箸をもとうともしない。

元気をつけさそうと、不忍座で娘十八人衆を観ようかと誘うが、首を振って立とうともしない。

梅白の落ち込みは、ひどくなる一方であった。しかし、何があるか分からないということで、その後も萬石屋には留まることにした。

それから三日が過ぎて、お香が、早川主水介の将棋を初めて手ほどきする日がやってきた。

「あした、ここを引き払うからな」

竜之進が梅白の体を労《いたわ》りながら言った。梅白の養生は、千駄木に戻ってすると、言葉に添える。

その間、拐かし事件に関しての進展は、一切なかった。見えぬ敵に捜《さぐ》りようもなく、また三軒の大店からは余計なことはしないでくれと、無言で言い含められているような心持ちでもあった。主たちから何も言ってこないのが、その証《あかし》とも言えた。

その日夕七ツに、お香は早川の屋敷に呼ばれている。その四半刻前に、家臣を迎えに寄こすと早川は言っていた。仕度を終えて、お香は迎えを待った。

「それではご隠居様、もうすぐお迎えが来ますから。きょうはご飯をちゃんと食べてくださいね」

幼児をあやすような、お香の口調であった。

「分かったから、行ってきなさい。気をつけてのう」

覇気のない声音であったが、お香を気遣う言葉であった。

「うん、分かった」

梅白を慰めようと、お香が大きくうなずく。

「お香さん、お迎えの方が……」

お香が梅白に向けて返事をしたとき、庄吉の声がかかった。

「それでは行ってきます」

気をつけて行けよと、竜之進と虎八郎が見送りに出た。

お香の袖の袂には、巾着に包んだ愛用の将棋駒が入っている。将棋指南をするときには、必ず身につけていくものだ。場合によっては、二つの将棋盤に並べなくてはならないこともままある。そのための用意であった。

迎えに来た侍《さむらい》は律儀そうな男で、挨拶のとき以外はひと言も話すことなく、黙ってお香の前を歩いた。

「……なんだ、駕籠《かご》ではないのか」

気《き》が利かないと、お香は思いながら侍のあとを追った。

下谷長者町から三味線堀までは、武家屋敷が並ぶ人の通りが少ない道を、曲がりくねりながら八町ほど歩く。

早川の家臣は、三味線堀に出ると輔彰橋を渡りすぐに堀沿いを左に取った。そして、さらに一町半ほど行って、鉤《かぎ》型になった堀につきあたると、右に曲がる。そして一町ほど行ったところの門前で侍は立ち止まった。

三千石の大身ともなれば、二千坪ほどの敷地をもつ屋敷に住める。変事が起きれば軍役に携わる家臣が、五十人ほどはいる。

屋敷門の扉は固く閉ざされている。しかし、どれほどの威厳をもってしても、お香にはもの怖《お》じがなかった。なにせ、十歳のときに千代田城に呼ばれ、ときの将軍家治《いえはる》公の将棋指南役に抜擢されたことがある。

——将軍様に比べたら、みんなぺいぺいよ。

そんな、自信みたいなのがお香の心根に備わっている。もの怖じすることなく、お香は脇門から屋敷の中へと入った。

四

およそ四百坪ある母屋の一部屋に通されたお香は、すでに用意された将棋盤の前に座り、早川主水介の到着を待った。

「あら、すごく立派な将棋盤だこと」

厚さ九寸もあろうか、本榧《ほんかや》で作られたものであった。

「名人だって、こんなのをもっている人はいないわ」

百両は下らないであろうと、お香は価を読んだ。

そのとき、お香はふと思い浮かべた。

「そういえば……」

この将棋一式は、成駒屋で卸され、千手堂で売られ、そして大和屋の手でもって運ばれたのだったと。

「ここまで縁の深い……あっ」

そのときお香の脳裏に閃《ひらめ》くものがあった。

「……いつかお梅茶屋にいた町人風の若い二人。たしか千五百両と言っていた。もしや、あの二人って？」

お香が独りごちているところに、襖が開いて見覚えのある顔が入ってきた。金糸銀糸で織られ、裾に鳳凰《ほうおう》が描かれた派手な衣装に身を包んでいる。腰には白柄の脇差を、一振り帯びている。

——家にいるときは、もっと楽な格好をしていればいいのに。

と思うものの、お香は口にはしなかった。お香のほうは、相変わらずの花柄小紋の小袖である。

お香は座蒲団を下り、畳に座って拝礼した。

「いや、そのままでよい。きょうはお師匠さんとして来てもらったのだからな、よろしく頼むぞ」

ぞんがい偉ぶっていそうな態度ではない。

「こんな格好をしているのを訝《いぶか》しく思うだろうが、師匠の手前では礼を拝さんとな」

このひと言で、お香は早川主水介に対して好感をもった。

そんな思いを馳せたときである。お香の背中に以前も感じた、いやそのときよりもはるかに冷たいぞくっとした戦慄が奔《はし》った。

――近くにいる。

誰かが見ているような気がする。以前にも感じていたが、今このときのものは、さらに近くから発せられているようにも感じられた。

「さて、ご教授願おうか」

早川の申し出で、お香は振り向くこともできずにいた。

真新しい将棋盤の上に、真新しい駒が撒《ま》かれた。

「将棋の駒というのは、五角でできているものなのだな」

今まで、将棋というのは一度も指したことがないというより、一度も目にしたことがなかったという。お香は、これほどの初心者を相手にすることは今までなかった。

竜之進と虎八郎が、今までで一番の初心者であったが、将棋の駒の形ぐらいは知っていた。

これほど初心者ならば、将棋に関しては無垢《むく》である。むしろ、教えやすいとお香は思った。

「まずは、並べ方から覚えましょうね」

幼児に手ほどきをするような口調となった。

「まず、玉将《ぎょくしょう》と書いてあるでしょ。玉将は下手《したて》、王将《おうしょう》は上手《うわて》の人がもつの……」

お香に言われて、早川は王将を手にした。

「いえ、お殿様は玉将のほう」

「なんだと？　予《よ》は旗本だぞ」

「ご身分ではなく、将棋のことですから……」

「左様か」

得心をしたのかしないのか、早川は首を捻りながら玉将を手にした。

「まずは、王様を下段の真ん中に……そうそう、そのとおり。覚えが早いですね」

褒《ほ》めることも忘れないが、言葉の裏にも背中には冷たい視線を感じている。

――いったい誰なのだろう？

教えているうちは、うしろを振り向けない。

「玉将を置いたら、次は金将《きんしょう》を……それは、銀将《ぎんしょう》。金て書いてあるでしょ」

不快さを感じながらも、並べの手ほどきをする。

どうにか下段を並べ終えた。

「次は飛車《ひしゃ》と角行《かくぎょう》……それでは逆。飛車が右で、角行は左に置いて。そう、そのとおり」

「なかなか、難しいものだな」

「これを覚えませんと、将棋ははじまらないの」

そして、上段に歩《ふ》を並べ終え駒の配置は済んだ。

「本来の所作ならば、これを交互でやらなくてはいけないのだけど、そこまではいいわ」

「ほう、これが将棋の配置というものか。綺麗なものだの」

ただ、駒を並べただけなのに早川は感心する思いとなった。

お香は並べた配置を崩し、次は早川だけに並べさせた。

「お独《ひと》りでやってみて」

「独りでのう……」

手本がなく、早川の陣には玉将までは置かれたが、次を考えている。早川が下を向いて考えている合い間に、お香はうしろを向いた。しかし、すでに襖は塞《ふさ》がれていて人の気配がない。それからは、早川の屋敷の中では、お香の背中に戦慄が奔ることはなかった。

ひととおり、駒の配置まではなんとか覚えたようだ。三回並べさせて、早川は間違いなくできた。

「それができたら次……」

お香は言って、歩《ふ》の動かし方を伝授する。

「この次に来たときは、歩とは別の駒の動かし方を教えますね。だんだんと、難しくなりますからきちんと覚えていってください。きょうのところは、これまでとします」

寺子屋の師匠のような口調で締《し》めて、この日の指南は終わった。

「なかなか難しいものであるな。歩を動かすだけでも大変だ」

ひと小間《こま》前に進むだけの歩の動かし方に、早川は音《ね》を上げている。この先が思いやられると、お香は思った。

およそ半刻の将棋指南であった。

外はまだ明るい刻である。

「誰かに送らせよう」

「いえ、これだけ外が明るければだいじょうぶです。どうぞ、お気遣いなく」

次の指南の日の取り決めをして、この日は早川主水介の屋敷を辞することにした。


日は西に傾き、空を焦《こが》そうとしはじめている。

まだ明るい内というのが、お香の油断であったかもしれない。

町屋の喧騒とはほど遠いが、三味線堀の周りには、人の行き交いはあった。

輔軫橋を渡り、真っ直ぐ進めば秋田藩佐竹家上屋敷の門前を通る。いかめしい顔をした門番を横目に見て、お香は下谷長者町の萬石屋を目指した。

一町半に亘《わた》る佐竹家の長屋塀が途切れると、つきあたりとなる。ここから、曲がりが多くなってくる。

春の日は西にかなり傾いてきている。暗さが徐々に増してくるころとなっていた。

お香はつきあたりを左に取った。

武家屋敷の白塀、練塀《ねり》が両側にそそり立って陰を作り、さらに暗く『逢《お》う魔《ま》がとき』を思わせる風情《ふぜい》であった。ここまで来ると、人の通りはぱったりと途絶える。

——やはり、送ってもらえばよかった。

後悔しながら、お香は足を速くする。

次の辻を曲がろうとしたときであった。強い戦慄が、お香の背中を奔った。

お香が、はっとして振り向くそのときであった。

「おい、待て」

お香を呼び止める声があった。

「あっ、あんた……」

相手の顔を見たお香は、驚きのあまり声がひきつるものとなった。練塀の脇に立つ欅《けやき》の陰から出てきたのは、お香の見覚えのある顔である。

「あんたは……か・ん・た・ろ・う？」

「そうだ、よく覚えていてくれたな」

お香の目の前に立つのは、大和屋の長男貫太郎であった。

拐かしに遭っているはずの貫太郎が、今ここにいる。

「あるお方が、お香ちゃんのことを恋慕していてな、連れて来いと……」

「なんですって？」

貫太郎の言っている意味を、お香がすぐに呑み込むには無理があった。ことの経緯の複雑さに、お香の頭の中が混乱をきたす。

「あんた、今拐かしに遭ってるのでは……」

お香の言葉に、貫太郎の目がにわかに吊りあがった。

「なんで、お香ちゃんがそのことを知っているのだ？」

今度は、貫太郎が訊き返す番であった。まさかお香が、貫太郎たちの拐かし事件に、足をつっ込んでいるとは知らなかったからだ。

「そんなことはどうでもいいでしょ。それよりいったい、どういうこと？」

お香が訊き返したそのときであった。

「そうか、おまえは……」

と言いながら、木陰から出てきたのは、貫太郎と同じ齢ごろの若者二人であった。

その二人にお香は見覚えがあった。

「どこかで見た……あっ！」

その二人の顔を見て、お香は頭の中にこびりついていた、お梅茶屋の千五百両の話が甦《よみがえ》った。

「となると、あんたたちは……？」

まさに、あのときお梅茶屋で話をしていた二人組であった。この二人が東太郎と久太郎であることは、間違いない。

「どうやら、俺たちのことも知っているようだな」

一人が言うも、お香にはどっちが東太郎でどっちが久太郎かは判別がつくものではなかった。

「あのお方に……」

と、三人が目をやる先を、お香が追った。

お香が、ずっと感じていた冷たい目がその先にあった。

「あっ……」

金糸銀糸で織られた小袖の裾には、丹頂鶴《たんちょうづる》が一羽片足で立っている絵が施されている。前に着ていたものは、昇り龍の絵が描かれてあった。

衣装もちだと感心している余裕は、お香になかった。

「……あの男」

以前より見かけている派手な形《なり》の武士が、五間離れた欅の陰からじっとお香に視線を送っている。

――あの旗本の視線だったのか。

虎八郎が以前にあとを尾け、旗本が入っていったという屋敷はこのへんであろうと、お香は読んだ。

「……でも、なぜに早川様の屋敷でも？」

以前は、大和屋の屋敷で。そしてこの日は、早川主水介に指南をしているときも感じていた、不穏な視線であった。

「悪いがお香ちゃん。あのお武家さんのところに行ってくれねえかい」

口にしたのは、大和屋の貫太郎であった。優しい口調だが、半《なか》ば脅《おど》しが入っている。

「いやだねと言ったら？」

「乱暴はしたくないけど、しょうがねえ……」

凄《すご》みを込めて言ったのは、東太郎か久太郎かはお香には判断がつくものではなかった。

五

遅くとも暮六ツには帰ると言っていたが、萬石屋にお香は戻ってこない。

外は日が沈み、すでに残光だけの明るさとなっていた。

「ご隠居……」

「なんだえ？　今言ったのは竜さんかい、虎さんかい」

呆《ほう》けた声を出し、梅白が返した。依然として覇気が抜けている。

「お香がまだ戻って来ないのですが」

「ああ、そうかい」

「ああ、そうかいではありませんぞ、ご隠居」

梅白を叱りつけるように、竜之進は語気を強めた。

「これは、迎えに行きませんと、ご隠居」

虎八郎も、大きめの声を梅白に向ける。

「もしかしたら、お香までも拐かしに……」

「えっ、誰が拐かしに遭ったたってのだ？　竜さん」

「今言ったのは虎さんですぞ、ご隠居。しっかりしてくだされ」

本当に呆けたのかと、竜之進は憂う心持ちとなった。

「ああ、虎さんか。それで誰がだ？」

梅白との会話は、堂々巡りの様相を呈す。

「お香がです」

「なんだと。お香がどうした？」

「拐かしに……」

「ん……？」

虚ろであった梅白の目に、一瞬光が宿ったようにも見えた。

「お香が拐かしにだと。なぜそれを早く言わんのだ」

すると、梅白の言葉に生気が甦《よみがえ》る、強い言葉の響きであった。

「すぐにまいりましょうぞ」

梅白が、藜《あかざ》の杖《つえ》を握りしめて言った。

何をかいわんやと、竜之進と虎八郎は顔を見合わせたが、それはほっとする安堵の表情でもあった。


早川主水介の屋敷は、三味線堀の近くと聞いている。

すでにそこは出たであろうが、道の半ばに来てもお香とはすれ違うことがなかった。

途中に三辻の曲がり角がある。三味線堀に行くには、真っ直ぐ行っても曲がっても行ける。お香が迎えの侍に導かれ、どっちの道を辿《たど》ったかは定かでない。三人はどっちの道を取るかで迷った。

「身共が知っている道はこちらです」

虎八郎が、曲がるほうの道を指差した。

「ならば、そちらを行きましょうぞ」

梅白の口調が、本来の力強いものとなっている。完全に、復調したようだ。

一つ角を曲がり、すでに三味線堀が近くなっているが、お香らしき娘と出会うことはなかった。

ここに来て、別の道だったかと不安が脳裏をよぎる。

「まあ、先を行ってみましょう」

ここまで来たらと、梅白は藜の杖を前に指し向けた。

提灯《ちょうちん》の明かりを頼らなければ、歩けない暗さとなっている。

竜之進と虎八郎がもつ二つの提灯で、足元を照らす。

「たしか、このあたりだったな……」

「何がだね、虎さん」

「あの、不忍座に通っていた旗本の屋敷です」

三辻の角を曲がって、十間も歩いただろうか。虎八郎が、梅白の問いに答えたところであった。

「あれは、なんだ？」

竜之進のもつ提灯の明かりが、地べたを照らす。そのぼんやりとした薄明かりの中に、ぽつんと一つ落ちているものが浮かんだ。

竜之進が拾い上げると、それは将棋の駒の香車《きょうしゃ》であった。

「香《きょう》……」

「もしや、お香は……」

「ここにも落ちているぞ」

五間ほど先で虎八郎が、桂馬を拾い上げた。

「桂馬ということは、道を右に取れということか」

「まさか、そこまでは」

五間先に曲がる道がある。曲がるとすぐに歩が落ちていた。

ここまでくれば、誰でもが読める。将棋の駒は四十枚。それに、一歩の予備がある。

都合、四十一枚にお香は命を託したのであった。

およそ十五歩ごとに一駒落ちている。

「どうやら、お香は戻る形で連れて行かれているようですな」

「なんで分かるかね、竜さん」

「最初の香車の駒が、行く方向を向いていたからです」

「それと、ご隠居……おっ、あそこにも金が落ちている」

梅白に話しかけながら、虎八郎が金将を拾った。

「お香は、連れていかれるところを知っているのでは」

「どうしてだね、虎さん」

「最初に落ちていた香車から、もっている駒を全部使い果たして行くものと。おおよその距離が分かっているのでしょう」

「お香は、わしらに命を賭《と》したか」

梅白が、天を仰いで言った。

「ご隠居、全部駒を使うとなれば、およそ四町先となりますな」

「いや、辻ごとは間隔を狭く落としてますから、もう少し近いものと……」

竜之進の読みに、虎八郎が言葉をかぶせた。

「いずれにしても、そのあたりであろう」

輔軫橋を渡って、左に道を取るところで竜之進が飛車を拾った。

「ここで二十枚目です。およそ、半分てところでしょう」

「お香は、連れ去られながら本将棋を指しておるのですぞ」

梅白は、唇をかみしめるようにして言った。

「となると……」

「最後に落ちている駒は……？」

「王将……それで、詰《つ》みってことか」

三人の声が、すっかりと暗くなったしじまの中で聞こえてきた。

「お香は勝負手を放ったか。ならば、詰ませてやりましょうぞ」

梅白の気迫が、竜之進と虎八郎に届き、二人は大きくうなずいた。


鉤《かぎ》型になった三味線堀につきあたり、右に折れる。そして、しばらく歩いたところで虎八郎が、一番大きな将棋の駒を見つけた。

「おっ、ここに王将が落ちてますぞ」

二千坪も敷地がありそうな、大きな屋敷の門前であった。

お香が放った王将を拾ったのは、三十五枚目であった。

「おかしいですな。こちらに連れてこられたとなると、まだ余りますぞ」

「ということは、まだ先に……?」

「いや、竜さんに虎さん、わしらの読みは正しいと思う。お香は、手に持ち駒を六枚残してこの屋敷の中に入ったのだ」

「六枚ですか……五枚では?」

「将棋の駒は歩が一枚余分に入っている。その持ち駒すべてに、お香は賭けた」

「ですが、なぜに持ち駒を？」

「本当にあなた方は、頭がいいのだか悪いのだか分かりませんな。見てみなさいこの屋敷を」

「見ても門しか見えませんな」

「もういい、虎さんは脇の門を開《あ》けてくだされ」

「開きますかねえ？」

「いや分からんが、ここは一度試すのが道理。それで開かないときに、初めて困った顔をするものだ」

悠長《ゆうちょう》な会話が、早川主水介の屋敷の前で交されている。

「おや、開いた」

「ものごとは、あきらめる前に、まずはやってみることが肝要だ」

人生の訓示を梅白が一つ垂れて、三人は屋敷の中へと足を踏み入れた。

「……なるほど」

三百坪はあろう母屋《おもや》を前にして、虎八郎は、お香がなぜに駒を残しておいたのかが分かった。

屋敷の中に人の気配はない。五十人からいる家臣は、みな別棟で建てられた長屋塀の中で、一日の疲れを癒《いや》しているのだろう。ところどころの部屋から明かりが漏れている。

提灯の火を吹き消し、母屋の玄関までは月の明かりを頼りとした。敷石が玄関までを案内する。

途中に一枚歩が落ちていた。

「やはり、ここであったか」

その一枚で、お香が捕らわれているのを確信できた梅白は、ブンと一つ藜の杖を振るって気合いを込めた。

竜之進と虎八郎は、得物を何ももっていない。素手が、二人の武器となる。

虎八郎は右、左の正拳を交互に突き出し、体をほぐした。

竜之進は、裾をたくし上げるとブルンと一つ廻し蹴りの動作を放った。

三様の、心と体の準備をして玄関先に立つ。

「ここは、雪駄《せった》を脱ぐのでしょうか？」

「お香の難儀だ。そんな細かなことは言っておれんだろう」

梅白は竜之進の問いに答えると、土足で上がり框《がまち》に足を乗せた。

六

これより四半刻ほど前——。

お香は、三人の若者によって捕らえられ、旗本の前に連れていかれた。

「ようやくお香と話ができる」

近くに寄って見る旗本の顔は、三十過ぎの見るからに好色そうな脂《あぶら》ぎった顔であった。そのにたり顔に、お香は背中に氷をつきつけられたほどの冷たさを感じた。

——この視線だったのね。

「おまえたち、ご苦労であったな。ついでにお香を連れてまいれ。さあ、行こうかのうお香、わしの屋敷でゆっくりと……」

一人で先に旗本が歩き出す。自分の屋敷にお香を連れ込もうとの魂胆であった。

「お待ちください、岩瀬《いわせ》様……」

すると、若者の一人が好色な旗本を止めた。

お香は初めて聞く名であった。

——この助平旗本は、岩瀬って名だったのね。

お香は、旗本の名を頭の中に刻んだ。

「どうしたのだ？　東太郎」

旗本を止めたのは、成駒屋の倅である東太郎であった。

――ちょっと、痩せぎすがやはり東太郎。言われればお父っつぁんに似てる。

「どうやらこのお香という娘、われわれの企みを知っているようで……」

「なんだと？」

「ですから、岩瀬様のお屋敷に連れていくよりも……」

「そうなると、早川様は知らずにこのお香を将棋指南役にしたのか」

乱杭歯《らんくい》の、岩瀬の口臭をお香はもろに被《かぶ》り、ふっと顔を背《そむ》けた。汚《きたな》い唾《つば》も横面にあたり、お香は吐き気をもよおす思いとなった。

「そうみたいです」

「ならば、早川様のもとに連れていかねばなるまいな」

――やはり、早川も関わりがあったのか。

とんだところで、事件の経緯が読めた気のするお香であったが、このあと身に起こることを考えれば、悠長なことは言っていられない。

――ご隠居様、竜さん虎さん、お願い。

三人の若者に囲まれたお香は、願いを込めて袖の中にある巾着《きんちゃく》の袋に片手をつっ込んだ。指の先でお香は駒の種類を判別することができる。袋の中から香車《きょうしゃ》をつまみ出すと、そっと足元に駒を落とした。下を見ると、駒の先は運よく行く先の方向を向いている。

——これでよし。あとは、神様仏様お願い。

心の内で、南無八幡大菩薩《なむはちまんだいぼさつ》とお香は願をかけた。

頭の中で計算するのは、棋士としてのお家芸である。

——早川の屋敷まではおよそ四町。屋敷の中が……。

お香は駒の勘定をしながら、一定の間隔を保ちながら駒を捨てていく。

やがて、早川の屋敷の門を前にして一行は立ち止まった。お香は王将を取り出し、そっと足元に捨てた。止まった足でもって、駒の先を門に向ける。

——あとは、運を天に任すだけの勝負手。

お香は四人の男たちに囲まれ、早川主水介の前に引き出された。

「師匠、これはいったいどうしたというのだ？」

早川は、お香が連れ戻されたことに大きく首を捻った。

「どういうことだ、岩瀬。おまえが恋慕していた相手ではないか」

「お奉行、この者は……」

――早川は知っていたのか。

好感をもっていた早川であるが、ここでお香はにわかに不穏な思いとなった。そして、お香をさらに震撼《しんかん》させたのは、早川の次の言葉であった。

「せっかく帰り道をお膳立てしたのに、連れ帰りおって」

将棋指南の帰りに、お香をさらおうとの企てであったのだ。すべてが仕込まれていたことと、お香はここで初めて知った。

「へん、いい齢こいてこの助平旗本が、このあたしに恋慕したって？　笑わせんじゃないよ。あんたの臭《くさ》い息を嗅がされて、反吐《へど》を吐きそうなのはこっちなんだからね」

お香は開き直ると、男たちの前で啖呵《たんか》を切った。

「それになんだってんだい、あたしを手籠《てご》めにしようだって。面白い、やってもらおうじゃないか、この盆暗《ぼんくら》旗本」

「言うにこと欠いてこの……」

岩瀬の顔が、怒りで真っ赤に染まる。

「いや、お奉行。拙者の恋慕は弾けました。それよりもこのお香、こちらの企みをみな知っているようで」

岩瀬が、怒りを露《あらわ》にして言った。

「なんだと岩瀬。この、お香がか？」

「それにつきましては、貫太郎のほうから」

「はい、親父が拐かしのことを話したようで。それで、知っておりました」

「やはり、貫太郎の親父が話をしたのか。あれほど黙っていろと言っておいたのに」

お香と大和屋のつながりは、早川も岩瀬も知るところである。だが、拐かしのことについては知らぬと思い、岩瀬はお香への恋慕をつづけていたのであった。知らずに、つけ文を二通も出していた。

「それにしても、こんな小娘と、あの、なんと言ったかの……」

「不忍組娘十八人衆ですか？」

「そうそう、その十八人衆の代償が千五百両とはのう」

――えっ？

早川の話は核心を突いたものであった。ことの根幹はここにあったかと、お香の眉間に一本縦皺が寄った。

「ほれ、おぬしの惚れた娘が不思議そうな顔をしておるぞ。みなまでは知らぬのであろう、経緯を話してやれ。ただし、これを聞いた以上は……分かっておろうな」

早川の不敵な笑いが岩瀬に向いた。

「なんとも、もったいのうございますが、お奉行の悪事を……」

「これ、悪事などと申すな」

同じ旗本でも、かなり身分に違いがある。片方は三千石の大身で、作事奉行という幕府の要職にある。

もう片方は、家禄高五百石で小普請組に属する、岩瀬善八郎《ぜんぱちろう》という名の無役の旗本であった。

「それはさておきだ、お香。おまえが大和屋に、将棋指南に来たのがそもそも……」

岩瀬善八郎なる旗本が、大和屋に来ていたお香を見初《みそ》めたのがはじまりであったという。

たまたま大和屋に来ていた岩瀬が、貫太郎に訊いた。

「――あの娘の名はなんという？」

「あれは、親父の将棋指南で来ている、お香という将棋指しです」

「……お香か」

お香が、背中に冷たい視線を感じたのは、こんな会話がなされていたころからであった。

屋敷の中に落ちている将棋の駒を拾いながら、廊下を抜き足で辿った梅白と竜之進、虎八郎は、玉将の落ちている部屋の前で止まった。

「……ここのようだな」

口の形だけで、梅白は二人に告げた。

廊下で話を聞いているわけにもいかない。梅白たち三人は、襖で仕切られる隣の部屋に忍び入って、話し声を拾うことにした。

隙間があるのか、隣から漏れる明かりが畳に一筋の線を作っている。透かし彫りされた欄間からも、幾分の明かりがあった。

漆黒の闇でないことに、梅白たちは助かる思いであった。

「それはさておきだ……」

隣の部屋から、岩瀬善八郎のはっきりとした声が聞こえてきたところであった。

三人は、片膝を立てて襖に耳を近づけた。

今まさに、岩瀬たちの口から全貌が語られようとしている。

ちょうどいいところに来たと、梅白は暗い部屋の中で思った。

岩瀬がことの全貌のつづきを語っている。

「まだ不忍組娘十八人衆がさほど人気がなかったときはな、なんの雑作もなく小屋の中に入れたものよ。だが、だんだんと人気が出るうち、それもままならなくなってきた。そのとき、知り合ったのがこいつら三人、大和屋の貫太郎に成駒屋の東太郎、そして千手堂の久太郎だ。みな大店のぼんぼんで、太郎という名がついている。お馬鹿三太郎だ」

岩瀬の話の中に、お馬鹿三太郎と聞いたお香は、言いえて妙だとおのずと笑みが浮かんだ。

語り声は、隣の襖についている三人の耳にも聞こえている。若者三人の名が出たくだりには驚き、お馬鹿三太郎には笑いたかったが、必死に堪えた。

蔑《さげす》まれた三人の口が尖《とが》っているのを気にもせず、岩瀬の話がつづく。

「不忍組娘十八人衆に入れ込んでいた貫太郎にまず、俺は声をかけた」

岩瀬が、そのときのことを思い出すように、天井長押《てんじょうなげし》あたりに目を向けて語る。

――娘十八人衆の、昼の部の演目が終わったところであった。

「――あんたはいつも来ているようだが、そんなに好きなのか。あの娘十八人衆を」

「お武家様も、お好きなようで」

岩瀬と貫太郎の出会いであった。

しかし、このところだんだんと小屋に入りにくくなってきている。満員札止めのことが多い。なんとかして、毎日でも観たいものだというのが貫太郎の願いであった。

「そうかい。ならば、俺がなんとかしてやろう。おまえの家はどこだ？」

岩瀬に言われ、貫太郎は大和屋に案内する。そして貫太郎の部屋で初めて企《くわだ》ての骨《こっ》子《し》が組まれたのであった。

そのときの、岩瀬と貫太郎の話である。

「――ちょっと、金に困っている幕府のお偉いさんがいてな。なんとか金をつくれぬかな？」

こんな岩瀬の言い出しが、きっかけであった。

「金ですか？」

金の無心に、貫太郎の首が傾ぐ。

「おまえは、あの中で誰が好みだ？」

岩瀬は、搦《から》め手から貫太郎の心をついた。

「あたしは、小菊にぞっこんです」

今にも、涎《よだれ》を垂らさんばかりの表情となった。貫太郎のそんな様子に、岩瀬はふっとほくそ笑む。

「ならば、その小菊をどうにかしてやろうじゃないか」

「なんですって？　小菊をですか……」

「ああ、その幕府のお偉いさんに頼めば、いくらだってなんとかなる」

「なんとかなりますか？」

貫太郎の食指が動く。

「ただし、魚心には水心というのがあってな、千五百両ぐらいは差し上げんと」

「千五百両もですか？　とても、そんなには……」

額を聞いて、貫太郎も怖気《おじけ》づく。だが、話を聞いてしまったからには収まりがつかない。ますます小菊への恋慕が募り、貫太郎は気持ちを侍に託した。

「でしたら、あと二人ほど乗せませんか。あたしと、同じように十八人衆に夢中になってる奴がおりますから。ええ、あたしと同じ大店の倅で……」

そいつらを誘おうと貫太郎が提案を出した。

「すると、一人五百両ならなんとかなるというのだな？」

「いえ、なんともなりません。親父がそんな金を出すわけないでしょ。ここは策が必要です」

その翌日、岩瀬の屋敷で策謀が練られる。そこには、東太郎と久太郎も交わっていた。

東太郎のお目当ては、桃代。そして、久太郎のお目当ては夏生という、娘十八人衆の一員たちであった。

「五百両ならば親父たちもすぐに出すでしょう……あたしたちの身代金ということでしたら」

貫太郎が、一晩考えて練った策であった。

「それで、千五百両か……なるほどな。大和芋にしてはたいした知恵だ」

貫太郎に、大和芋とあだ名がついたのはこのときであった。

三人の馬鹿太郎が黙って家を出たのは、それから四日後のことである。

七

岩瀬が早川の屋敷に出向き、ことの決起を告げたのは、四人が集まっての謀議のあとであった。

「そんなことで、そいつらが千五百両を作ってくれるそうです。お奉行……」

「それは妙案であるな。町奉行になるには、どうしてもあと千両の賂《まいない》が必要なのだ。その金が手に入ったら……」

「かねてからのお約束どおり、畳奉行に……」

「ああ、武士に二言はない」

作事奉行配下の畳奉行の役を、岩瀬は千五百両の対価として上げていたのである。

「これで、退屈なことはなくなりますな」

くくくと、嚙み殺した笑いが早川主水介の耳に入った。

「ところで、娘たちがどうのこうと言ってたけど、なんと申したっけかな？」

「娘十八人衆ですか……？」

「そう、その娘たちをどうしろというのだ？」

「いや、そんなのはどうでもけっこうです。お奉行は聞かなかったことにしてくだされ。ただし、万が一奴らに娘たちのことを訊かれたら、なんとかするとでも言って濁しておいてくだされませ」

「左様か。なんだか分からんが、そうしよう。ところで岩瀬、先ほど退屈とか言っておったな」

「ええ、毎日が退屈でして、それで不忍座なんぞに」

「それはどうでもよいが、わしも明けのときは退屈をしてな、一度も指したことはないが、将棋などを覚えようと思っておる。岩瀬は将棋をやるのか？」

「いえ、とんと」

「誰か、指南してくれる者はおらんかの」

ここで岩瀬に、思いつくところがあった。

「でしたら、恰好の者が……」

「誰だ、それは？」

「あの馬鹿倅の一人であります、大和屋の主が娘将棋指しを指南役にしてまして。ええ、それはいい娘でして……」

「なんだ、娘か？　おぬしが興を抱いてるのであろうに」

「いや、そんなこと……」

ありませんと言い、首を振って否定する岩瀬の額に、脂汗《あぶら》が浮かんでいる。

「いや、おぬしの面に書いてあるわ」

言って早川は、声高に笑った。ひとしきり笑い声を立てたあと、真顔になって言う。

「ならば、行きがけの駄賃である。その娘をなんとかすればよいではないか。千五百両も用立ててくれるのだ、畳奉行だけではのう」

「なんですと？」

「拙者が直々出向いて、大和屋に将棋指南の相談をかけるとしよう。その前に、おぬしが言って主に話をつけといてくれ」

かしこまりましたと、岩瀬の頭が下がる。

お香拐かしの手はずは、このときに考えられたものであった。

「将棋を習うなら、将棋盤と駒を買わぬといかんな。それは、なんと言ったか……馬鹿倅の……」

「卸が成駒屋で、小売りが千手堂であります」

「その二店を通して、買えばいいだろ。ああ、それに百両ぐらいはつぎ込んでやってもよい。そこまですれば、よもやわしらが拐かしに関わっているとは思うまいにな。一石《いっせき》でもって二鳥《にちょう》も三鳥《さんちょう》もよ」

「わたくし以上に、お奉行というお方は……」

「悪《わる》だと申すのか？　それは、岩瀬には敵《かな》うまい」

襖を震わすほどの、二人の高笑いが三百坪の邸内に轟《とどろ》き渡った。

岩瀬の口から全貌が語られた。

「そのとき二人で大声して笑っての……。企てというのは、まあ、そんなことだ」

と、言葉を締めくくった。

「なんですって？」

腑に落ちないことがある。

異論を挟《はさ》んだのは、三馬鹿太郎であった。口をそろえて、問いを発す。

「となると、桃代のことはどうなるんです？」

成駒屋の東太郎が、不安な面持ちで訊《き》く。

「小菊のことは……？」

大和屋の貫太郎が問う。

「夏生はどうなります？」

千手堂の久太郎が最後に問うた。

隣の部屋にもやり取りは聞こえる。桃代と聞いて梅白、夏生と聞いて虎八郎の目尻が上がった。

「かわいそうだが、あきらめるのだな。さっきの話にあったように、端《はな》から……」

そんなことは考えてもないと、岩瀬は首を振った。

「なんだと。それではあたしたちを騙《だま》してたのか？」

「騙してなんかおらん。そっちが勝手にお膳立てしたことではないか。どうせ、おまえらは穀潰《ごくつぶ》しだ。生きていたって、親の身代を潰すだけであろうよ。ならば、いっそのこと死んでしまったほうがよかろうに。それとお香は、かわいさ余って憎さ百倍。すべてを知られた以上はこいつらと一緒に……」

口封じをすると、みなまで言わずに岩瀬は言葉を置いた。

「部屋を血で汚しますが、よろしいですかな？」

「何もここで斬ることはなかろう。当て身を食らわせ、殺《や》るのは外でよかろうて」

「左様でござりますな」

不敵に笑って、岩瀬は大刀を抜いた。

ガチャリと、茎《なかご》の鳴る音が隣の部屋にも響いた。

三馬鹿太郎とお香は、部屋の隅で四人一緒に固まった。しかし、誰一人お香をかばう太郎がいない。みな、自分かわいさか人を盾《たて》にしてまで身を守ろうとする。逃げ出さないのは、足が竦《すく》んでいるからだ。

このままだと、お香が一番先に打たれることになる。となれば、お香の肚《はら》も据わる。

「やるなら、このお馬鹿三太郎より先にあたしをやんなよ」

お香は体を起こして胡坐《あぐら》をかくと、啖呵を吐いた。御俠《おきゃん》なお香の姿であった。

「いい度胸だ。だが、やはりおまえは娘だ。先に男のほうからぶちのめさんと、武士の名がすたる」

刀の棟《むね》で打とうと、岩瀬は八双の構えをして言う。

「とりあえずは当て身だ。いっとき痛いだけだから、男だったら我慢をしろ。気がついたときには黄泉《よみ》の国ってことだな」

岩瀬の言葉は、梅白たちにも届いている。

「……ご隠居」

踏み込もうと竜之進が合図《あいず》を送るが、梅白は横に首を振った。三馬鹿太郎の、つまらぬ悪さの仕置きを、岩瀬の手でさせようとの肚《はら》であった。

お香があと回しにされたことで、梅白は踏み込むときを遅らせた。

ボカッ、ベキッ、ドスッと、叩きのめす音が三つ聞こえ、それぞれに呻《うめ》き声が漏れた。

しばらく悶絶したあと、呻き声は静かになった。三人が気を失ったのを見て、岩瀬の体はお香を向いた。

「次はお香の番だな。いっときはつけ文を送るほど惚れたものだが、気持ちが覚めれば憎さが募る。よくも、わしを邪険《じゃけん》にしてくれおったな」

岩瀬の心の中は、娘十八人衆の誰よりも、お香に夢中であったのだ。その歪んだ恋心は、うしろから冷たい視線を送るだけのものであった。だが、それだけでは飽き足らず、まさか、お香が拐かし事件を探っているとも知らずに、岩瀬はつけ文を渡したのであった。それも二通。お香からの返事もなく、岩瀬はお香をさらうことによって、愛しさと憎さの入り混じった憂さを晴らそうとしていたのであった。

「あの、汚い蚯蚓《みみず》がはったような字は、あんたが書いたんだね。あたしへのつけ文も、拐かしの書状も、みんな」

「ああ、そうだ。俺は昔から字が下手でな。武士のくせして、字を書くことをしなかったから、漢字も書けぬ。難しい字のところは、こいつらに教わって書いたのよ」

あの、仮名だらけで間違い字の文は、わざとではなかったのである。宛名書きを書いたのは、若者たちの手だと聞いて、世の中分からないとお香は思った。

「ここまで来たら、みんな教えてやろう。こいつらが、手分けをしてそれぞれの店に、書状を送ってたのよ。娘十八人衆のために拐かしに遭ったことにして、親から五百両出させようなんて、本当にお馬鹿三太郎だ」

岩瀬が、吐き捨てるように言った。

「それと、もう一つ訊くけどいいかい？」

ここまでくれば、お香もみんな知りたくなる。

「なんだ？」

「いったい誰に高尾太夫の簪《かんざし》をあげようとしてたのさ？」

「高尾太夫……ああ、あれか。そんなことまで、よく知っておるな。あのとき骨董屋に入ったのは、おまえを見かけたからだ。男と歩いていたので、どんな奴かと嫉妬《しっと》を覚えて近づいてみたのだ。その先に、骨董屋《こっとうや》があっただけだ。そのとき、小僧と何を話したかは忘れた」

やはり、いい加減な注文であったのだ。

「おい、岩瀬。そこまで話せばもういいだろう。早いところ片をつけてしまえ」

早川が、岩瀬の背中を押した。かしこまりましたと、岩瀬は刀の柄をもち上げる。

「痛いが、我慢しろよ」

もはやこれまでと、お香が覚悟を決め、目を瞑《つむ》ったときであった。

「もう、そのぐらいでよろしいでしょう」

ガラリと音を立て、襖を開けて入ってきたのは梅白と竜之進、そして虎八郎であった。

「なんだおまえらは？」

早川と岩瀬の、驚く顔が向いた。

「ご隠居様……」

その隙《すき》にお香は立ち上がると、虎八郎のうしろに回った。

「ご隠居様だと？」

「数々の悪事を、隣の部屋で聞かせていただきましたぞ。似非《えせ》の拐かしで、千五百両もの金を奪おうとは。しかもことかいて、その企みの仲間であるこの若者たちの口を封じ、さらにお香までも殺そうとした悪事は、みなこの梅白の耳に入っておりますぞ。作事奉行という、立派な役職についておりながらのう」

長い、梅白の啖呵《たんか》であった。

「梅白だと……何者だ、きさまは？」

早川が、眼光鋭くして梅白に問う。

「水戸の梅白と申してな。その昔、諸国漫遊をして悪人を懲らしめた黄門様は、わしの曾祖父《ひいじいさん》よ。黄門様にあやかり、わしも世のため人のために尽くそうと、この度《たび》もお香がもち込んだ、この拐かし事件に足をつっ込んだってわけだ」

梅白は、端《はな》から身を明かすつもりであった。

「水戸の黄門様だと？　そんなものを引き合いに出して、世迷言《よまいごと》をぬかしやがる」

早川主水介が、白柄に手をやりながら返した。

「出会え、であえい」

襖を開け廊下に声を通すが、家臣はみな離れた長屋にいる。この企てのために、このところみな家臣を遠のけていたのが、早川にとって誤算となった。

三百坪の母屋の中では、長屋には声が届かない。一人として、警護の者が駆けつけることはなかった。

「仕方がない、岩瀬。こやつらは、丸腰だ。二人で斬ってしまおうぞ」

「部屋に血が飛びますが」

「そんなことは言っておれんだろうが」

早川は言うが早いか、居合いで一閃《いっせん》を放った。

「おっと……」

ふいを突かれた梅白は一歩引いて切先を避けると、よろけるように虎八郎の体にもたれかけた。

一撃をかわされた早川も、刀の重みでよろめきをもった。ふらつく早川の胴に、竜之進が廻し蹴りをあてる。

胃の腑に打《ぶ》ちあたったか、げふっと噯気《げっぷ》を吐いて早川はその場にうずくまった。

虎八郎が素手で、岩瀬を相手にしている。

岩瀬は正眼で構え、虎八郎の間合いに入っている。しかし、相手が素手であるも岩瀬は刀を繰り出せないでいる。それだけ、虎八郎にすきがなかった。

「虎さん、懲《こ》らしめてやりなさい」

かしこまりましたと、虎八郎は拳を腰にあてて一歩足を前に送り出した。動きはすり足である。正拳で繰り出せば、相手の着ているものには届く。しかし、腹の臓物まで届くには、あと半歩が足りなかった。

「うりゃ」

足りなかった半歩は、岩瀬のほうからやってきた。正眼から上段に刀を上げて、打ち下ろす既《すんで》で、虎八郎はかいくぐると「うりゃうりゃうりゃ」と声を発し、左右の拳を交互に三発ずつあてた。

当て身合計六発を腹に食らい、岩瀬はすでに気を失っていた。

「竜さん、虎さん今の内《うち》だ。髷を全部剃って、丸坊主にしてあげなさい」

かしこまりましたと、竜之進と虎八郎はそれぞれの腰から脇差を抜いて、二人の頭髪をすべて剃りあげた。

「これで、作事奉行には別の者がなろう」

「ご隠居様……」

「よかったのうお香、無事で」

梅白の、何にも増した安堵の声であった。

「お香、これ……」

虎八郎の手から渡されたのは、手ぬぐいに包まれた将棋の駒であった。四十一枚がすべてそろっている。

お香は、渡された将棋の駒を両手でもつと、顔に近づけそっと口をつけた。

二見時代小説文庫

娘十八人衆《むすめじゅうはちにんしゅう》 将棋士《しょうぎし》お香《きょう》 事件帖《じけんちょう》2

著者　沖田正午《おきだしょうご》

発行所　株式会社　二見書房
東京都千代田区三崎町二－一八－一一
電話　〇三－三五一五－二三一一［営業］
〇三－三五一五－二三一三［編集］
振替　〇〇一七〇－四－二六三九

印刷　株式会社　堀内印刷所
製本　ナショナル製本協同組合

落丁・乱丁本はお取り替えいたします。
定価は、カバーに表示してあります。

ISBN978－4－576－11174－2
http://www.futami.co.jp/

二見時代小説文庫

一万石の賭け 将棋士お香 事件帖1

沖田正午［著］

水戸成圀は黄門様の曾孫。御俠で伝法なお香と出会い退屈な隠居生活が大転換！藩主同士の賭け将棋に巻き込まれて…。天才棋士お香は十八歳。水戸の隠居と大暴れ！

栄次郎江戸暦 浮世唄三味線侍

小杉健治［著］

吉川英治賞作家の書き下ろし連作長編小説。田宮流抜刀術の達人矢内栄次郎は部屋住の身ながら三味線の名手。栄次郎が巻き込まれる四つの謎と四つの事件。

間合い 栄次郎江戸暦2

小杉健治［著］

敵との間合い、家族、自身の欲との間合い。一つの印籠から始まる藩主交代に絡む陰謀。栄次郎を襲う凶刃の嵐。権力と野望の葛藤を描く傑作長編小説。

見切り 栄次郎江戸暦3

小杉健治［著］

剣を抜く前に相手を見切る。過てば死…。何者かに襲われた栄次郎！彼らは何者なのか？なぜ、自分を狙うのか？武士の野望と権力のあり方を鋭く描く会心作！

残心 栄次郎江戸暦4

小杉健治［著］

吉川英治賞作家が〝愛欲〟という大胆テーマに挑んだ！美しい新内流しの唄が連続殺人を呼ぶ……抜刀術の達人で三味線の名手栄次郎が落ちた性の無間地獄

なみだ旅 栄次郎江戸暦5

小杉健治［著］

愛する女を、なぜ斬ってしまったのか？三味線の名手で田宮流抜刀術の達人矢内栄次郎の心の遍歴……吉川英治賞作家が武士の挫折と再生への旅を描く！

春情の剣 栄次郎江戸暦6
小杉健治［著］

柳森神社で発見された足袋問屋内儀と手代の心中死体。事件の背後で悪が哄笑する。作者自身が〝一番好きな主人公〟と語る吉川英治賞作家の自信作！

神田川斬殺始末 栄次郎江戸暦7
小杉健治［著］

三味線の名手にして田宮流抜刀術の達人矢内栄次郎が連続辻斬り犯を追う。それが御徒目付の兄栄之進を窮地に立たせることに……兄弟愛が事件の真相解明を阻むのか！

人生の一椀 小料理のどか屋 人情帖1
倉阪鬼一郎［著］

もう武士に未練はない。一介の料理人として生きる。一椀、一膳が人のさだめを変えることもある。剣を包丁に持ち替えた市井の料理人の心意気、新シリーズ！

倖せの一膳 小料理のどか屋 人情帖2
倉阪鬼一郎［著］

元は武家だが、わけあって刀を捨て、包丁に持ち替えた時吉の「のどか屋」に持ちこまれた難題とは…。心をほっこり暖める時吉とおちよの小料理。感動の第2弾

結び豆腐 小料理のどか屋 人情帖3
倉阪鬼一郎［著］

天下一品の味を誇る長屋の豆腐屋の主が病で倒れた。このままでは店は潰れる。のどか屋の時吉と常連客は起死回生の策で立ち上がる。表題作の外に三編を収録

手毬寿司 小料理のどか屋 人情帖4
倉阪鬼一郎［著］

江戸の町に強風が吹き荒れるなか上がった火の手。店を失った時吉とおちよは無料炊き出し屋台を引いて復興への一歩を踏み出した。苦しいときこそ人の情が心にしみる！

二見時代小説文庫

大江戸三男《さんおとこ》事件帖 与力と火消と相撲取りは江戸の華

幡大介［著］

欣吾と伝次郎と三太郎、身分は違うが餓鬼の頃から互いに助け合ってきた仲間。「は組」の娘、お栄とともに旧知の老与力を救うべくたちあがる…シリーズ第1弾！

仁王の涙 大江戸三男事件帖2

幡大介［著］

若き三義兄弟の末で巨漢だが気の弱い三太郎が、ひょんなことから相撲界に！戦国の世からライバルの相撲好きの大名家の争いに巻き込まれてしまった…

八丁堀の天女 大江戸三男事件帖3

幡大介［著］

富商の倅が持参金つきで貧乏御家人の養子に入って間もなく謎の不審死。同時期、同様の養子が刺客に命を狙われて…。北町の名物老与力と麗しき養女に迫る危機！

兄ィは与力 大江戸三男事件帖4

幡大介［著］

欣吾は北町奉行所の老与力・益岡喜六の入り婿となって見習い与力に。強風の夜、義兄弟のふたりを供に見廻り中、欣吾は凄腕の浪人にいきなり斬りつけられた！

夜逃げ若殿 捕物噺 夢千両すご腕始末

聖龍人［著］

御三卿ゆかりの姫との祝言を前に、江戸下屋敷から逃げ出した稲月千太郎。黒縮緬の羽織に朱鞘の大小、骨董目利きの才と剣の腕で江戸の難事件解決に挑む！

夢の手ほどき 夜逃げ若殿 捕物噺2

聖龍人［著］

稲月三万五千石の千太郎君、故あって江戸下屋敷を出奔。骨董商・片倉屋に居候して山之宿の弥市親分とともに謎解きの才と秘剣で大活躍！大好評シリーズ第2弾

二見時代小説文庫

姫さま同心 夜逃げ若殿 捕物噺3

聖龍人［著］

若殿の許婚・由布姫は邸を抜け出て悪人退治。稲月三万五千石の千太郎君との祝言までの日々を楽しむべく由布姫は江戸の町に出たが事件に巻き込まれた。

木《こ》の葉《は》侍 口入れ屋 人道楽帖《ひとどうらく》

花家圭太郎［著］

腕自慢だが一文なしの行き倒れ武士が、口入れ屋に拾われた。江戸で生きるにゃ金がいる。慣れぬ仕事に精を出すが……。名手が贈る感涙の新シリーズ！

影花侍 口入れ屋 人道楽帖2

花家圭太郎［著］

口入れ屋に拾われた羽州浪人永井新兵衛に、用心棒の仕事が舞い込んだ。町中が震える強盗事件の背後に潜む奸計とは!? 人情話の名手が贈る剣と涙と友情

葉隠れ侍 口入れ屋 人道楽帖3

花家圭太郎［著］

寺の門前に捨てられた赤子、永井新兵衛。長じて藩剣術指南となるが、故あって脱藩し江戸へ。その心の温かさと剣の腕で人びとの悩みに応える。人気シリーズ第3弾

公家武者 松平信平《のぶひら》 狐のちょうちん

佐々木裕一［著］

後に一万石の大名になった実在の人物・鷹司松平信平。紀州藩主の姫と婚礼したが貧乏旗本ゆえ共に暮せない。町に出ては秘剣で悪党退治。異色旗本の痛快な青春

姫のため息 公家武者 松平信平2

佐々木裕一［著］

幕府転覆を狙った由井正雪の変の失敗後、いまだ不穏な空気の漂う江戸城下。徳川家の松姫はお忍びで出た城下で出会った信平のことを忘れられずにいたが…。

剣客相談人 長屋の殿様 文史郎

森 詠［著］

若月丹波守清胤、三十二歳。故あって文史郎と名を変え、八丁堀の長屋で貧乏生活。生来の気品と剣の腕で、よろず揉め事相談人に！心暖まる新シリーズ！

狐憑きの女 剣客相談人2

森 詠［著］

一万八千石の殿が爺と出奔して長屋暮らし。人助けの万相談で日々の糧を得ていたが、最近は仕事がない。米びつが空になるころ、奇妙な相談が舞い込んだ…

赤い風花《かざはな》 剣客相談人3

森 詠［著］

風花の舞う太鼓橋の上で旅姿の武家娘が斬られた。瀕死の娘を助けたことから「殿」こと大館文史郎は巨大な謎に立ち向かう！大人気シリーズ第3弾！

乱れ髪 残心剣 剣客相談人4

森 詠［著］

「殿」は、大川端で心中に見せかけた侍と娘の斬殺死体を釣りあげてしまった。黒装束の一団に襲われ、御三家にまつわる奥深い事件に巻き込まれていくことに…！

日本橋物語 蜻蛉屋お瑛

森 真沙子［著］

この世には愛情だけではどうにもならぬ事がある。土一升金一升の日本橋で店を張る美人女将が遭遇する六つの謎と事件の行方……心にしみる本格時代小説

迷い蛍 日本橋物語2

森 真沙子［著］

御政道批判の罪で捕縛された幼馴染みを救うべく蜻蛉屋の美人女将お瑛の奔走が始まった。美しい江戸の四季を背景に人の情と絆を細やかな筆致で描く第2弾・

神の子 花川戸町自身番日記1

辻堂魁［著］

浅草花川戸町の船着場界隈、けなげに生きる江戸庶民の織りなす悲しみと喜び。恋あり笑いあり人情の哀愁あり、壮絶な殺陣ありの物語。大人気作家が贈る新シリーズ第1弾！

間借り隠居 八丁堀 裏十手1

牧秀彦［著］

北町の虎と恐れられた同心が、還暦を機に十手を返上。その矢先に家督を譲った息子夫婦が夜逃げ。間借りしながら、老いても衰えぬ剣技と知恵で悪に挑む！

お助け人情剣 八丁堀 裏十手2

牧秀彦［著］

元廻同心、嵐田左門と岡っ引きの鉄平、御様御用山田家の夫婦剣客、算盤侍の同心・半井半平。五人の〝裏十手〟が結集して、法で裁けぬ悪を退治する！

奇策 神隠し 変化侍柳之介1

大谷羊太郎［著］

陰陽師の奇き血を受け継ぐ旗本六千石の長子柳之介は、巨悪を葬るべく上州路へ！ 江戸川乱歩賞受賞のトリックの奇才が放つ大どんでん返しの奇策とは？

御用飛脚 変化侍柳之介2

大谷羊太郎［著］

幕府の御用飛脚が箱根峠で襲われ、二百両が奪われた。報を受けて幕閣に動揺が走り、柳之介に事件解決の密命が下った。幕閣が仕掛けた恐るべき罠とは？

侠盗五人 世直し帖 姫君を盗み出し候

吉田雄亮［著］

四千石の山師旗本が町奉行、時代遅れの若き剣客、侠客見習いに大盗の五人を巻き込んで一味を結成！世直し、人助けのために悪党から盗み出す！新シリーズ！